MORDRE

DU MÊME AUTEUR

Amanita, Calmann-Lévy, 2021
Droséra, Calmann-Lévy, 2023

JULIEN GUERVILLE

MORDRE

julliard

Conception graphique de la couverture : Valérie Gautier

Illustration de couverture :
« Illustration scientifique de H. Schlegel, 1837-1844 »

ISBN : 978-2-260-05609-6
Éditions Julliard – 31, rue Étienne Marcel 75001 Paris

Pretend that you owe me nothing
And all the world is green
We can bring back the old days again
And all the world is green.

Tom Waits, « All The World Is Green »

Sur son passage, les oiseaux se taisent. Les arbres me camouflent.

Je *bouge* à mon tour.

Ondule

Un caïman nage sous l'eau sale.

Fluide

Le couteau dans ma main pèse bien plus lourd qu'il ne devrait.

Sans peur

L'eau et le sol se confondent en une mosaïque de feuilles.

Ne sois pas proie

Mon père m'observe depuis la berge d'en face.

Mais prédateur

Je viens d'avoir dix ans. Et je vais tuer pour la première fois.

Le marécage trempe mon dos. Mon t-shirt poisse. Mon corps glisse entre les ombres vertes et noires.

La bestiole remonte le courant. Son corps trace un sillon à la surface. Ses écailles grincent. Ses pattes raclent la vase. Sa respiration siffle. Je ne la quitte pas des yeux.

Je traque.

Mon père m'y a entraîné. Il m'a appris à lire le bayou. Il m'a enseigné comment *bouger* et la litanie des chasseurs : *Ondule Fluide Sans peur Ne sois pas proie Mais prédateur.* Et depuis l'autre rive, je sens son regard percer la pénombre du palude pour se poser sur moi, mais je feins de l'ignorer. Bientôt, il sera fier. Car comme lui, j'ai vu la bête ralentir pour la seconde fois. Et, comme lui, j'ai compris qu'elle voulait quitter le fleuve.

Je pose ma langue sur ma lèvre. La bestiole jauge une trouée encadrée d'arbres morts. Mes doigts se serrent autour de mon arme. Le caïman accélère. J'avale ma salive. Bloque ma respiration. La bête se propulse sur une plage de pierres lisses. Les galets roulent sous ses écailles. J'approche à pas chassés. Et maintenant, je perçois son odeur âcre et ronde, *Ondule,* visualise la base de son cou, *Fluide,* là où la peau devient plus tendre, à la naissance de la plaque occipitale, là où la lame pénètre sans mal : là où elle tue.

Sans peur

Je suis prêt.

Ne sois pas proie

Je m'appelle Yaoru.

Mais prédateur

Et je suis fils de Kaiju.

Chapitre I

Père et fils

Zaïn fredonne. « *The tree don't care...* » Sa voix tremble un peu à cause de la fatigue. Elle s'écaille même parfois pour se fondre dans le crépitement de l'asphalte qui défile sous les pneus. « *What the little bird sings...* »

Dix-huit heures qu'il roule sans un arrêt.

Le jour se lève sur la T 105. Deux fois deux voies. Et tout autour, des étendues d'herbe dorée, grêlées de rochers, où que porte la vue. L'est du Rauc. Les plateaux du Cyresck.

« *We go down with the dew in the morning light...* »

Zaïn déboîte pour doubler un bibliobus arrêté sur la file de droite. L'horizon n'est qu'un trait lointain, perdu dans les ombres sculptées par les premiers rayons du soleil.

« *The tree don't...* Putain de merde ! »

Zaïn écrase le frein. Les pneus crissent. La bagnole pile mais percute un truc qui passe sous les roues en contractant les amortisseurs.

La violence du choc bruisse dans l'air. L'impact se mue en écho. Le moteur s'arrête et le silence arrive. Poisseux comme le sang des sauriens.

Les paumes scotchées au volant, Zaïn attend que l'adrénaline retombe. Ensuite, il pose ses mains sur son front et marmonne : « Fait chier. » D'autres minutes passent encore avant qu'il ne trouve le courage de quitter la voiture.

Dehors, il inspecte la bagnole à la recherche du point d'impact. L'air froid assèche encore un peu plus ses yeux. Les semelles de ses bottes cognent sur le bitume. Sa main glisse sur la carrosserie. Son index suit le serpent et l'aigle qui ornent le capot, quand il découvre la roue arrière gauche éventrée sur vingt centimètres.

« Putain, souffle-t-il, en nouant ses mains sur le sommet de son crâne. J'avais bien besoin de ça ! »

De longues secondes, il reste immobile devant le pneu crevé avant de se résigner à taper du plat de la main sur le coffre.

— T'es encore là ?

Tout en attendant une réponse qui ne vient pas, il fouille le paysage du regard. Il craint ce qui rôde. Mais ici, seuls les stipas semblent se dresser sous les nuages roses.

Face au silence. Zaïn serre le poing, l'abat sur la tôle, puis lance un peu plus fort :

— C'est moi. C'est Zaïn. Je vais ouvrir le coffre.

Recroquevillé à l'intérieur, Yaoru, son père, agonise. Il grogne quand le hayon se lève. De ses mains, il se protège le visage de la pâle lumière du matin. Il essaie de cligner des yeux mais ses paupières sont engluées d'humeurs grises. Pourtant, peu à peu, à contre-jour, couleur après couleur, fragile, la silhouette de son fils se détache du fond gris. D'abord ses cheveux noirs, attachés en chignon. Sa peau blanche ensuite, ses pommettes rouges de froid, et ses iris clairs, usés de fatigue, luisants comme des lucioles. Et puis le flingue qu'il braque inexorablement dans sa direction.

— On a crevé, annonce Zaïn, en jetant un œil sur la droite. Il faut que tu sortes. La roue de secours et le cric sont là-dedans.

Yaoru tousse. Zaïn recule d'un pas et resserre les doigts autour de son arme – une de ses bagues crisse sur la crosse. Yao bave de la boue. Zaïn ferme un œil et ordonne :

— Descends !

D'un bref mouvement, il s'essuie le nez dans le creux de son poignet.

— Descends.

Mais Yao ne bouge plus. Ses muscles sont tendus à se rompre. Et les crampes tétanisent son corps tout entier. Son cœur est arythmique. Son estomac gronde. De la plaie dans son cou suinte un liquide violet. La fièvre le fait trembler. Sa bouche est sèche.

Il a soif. Et la balle enfoncée dans son genou lui fait un mal de chien.

Il ne s'appartient plus. Ses yeux voient des choses qu'il ne devrait pas voir. Ses oreilles en entendent d'autres qui ne sont que des murmures. L'instinct s'est instillé en lui. Le temps s'est brouillé. Il est effrayé.

Debout devant le coffre, Zaïn se radoucit.

— Il faut vraiment que tu sortes.

En signe de paix, il lâche son arme. Elle retombe sur sa poitrine, retenue par un lacet passé autour de son cou. Disponible et chargée. Car les autres sont là. Quelque part. Prédateurs. Zaïn dresse les mains à hauteur de ses tempes, jette un œil par-dessus son épaule et ajoute :

— On peut pas rester là.

Des bulles de salive explosent sur les lèvres de Yao. Un râle monte du fond de sa gorge. Cette saloperie lui brûle le bide.

— OK, poursuit Zaïn. Je vais te refaire une injection. J'espère juste que tu pourras l'encaisser.

Norépinéphrine et orphénadrine. Cocktail intramusculaire. Protocole maison.

L'aiguille traverse le jean, perce la peau rêche, les pupilles se dilatent et les poumons s'emplissent d'air. Une bribe de vie étreint l'âme de Yao, faible, mais suffisante pour qu'il prenne de nouveau conscience de ses bras. Faible, mais suffisante pour qu'il essaie de déplier ses doigts, pour que ses ongles grattent les garnitures en plastique à la recherche du rebord du coffre, et qu'il se hisse. Ses yeux débordent de la malle, voient l'horizon. Et basculent.

Yaoru s'écroule. Le goudron est chaud sous sa joue brûlante de fièvre. La norépinéphrine lui broie la mâchoire tellement fort que ses dents s'ébrèchent. Zaïn lui saisit une cheville et le traîne jusqu'à la bande d'arrêt d'urgence. Yao ouvre la bouche, tente de parler, mais sa langue est râpeuse et ses cordes vocales coupantes. Entre ses lèvres s'amassent des mots bouillis. Zaïn se penche sur lui.

— Qu'est-ce que tu dis ?

Yao éructe. De la semelle de sa botte, Zaïn le repousse pour l'étendre sur le dos. Yao découvre le ciel et ses stratus de marbre. Il inspire. Articule :

— Manger.

Sa voix est étouffée de glaires crayeuses.

— Dormir.

Zaïn bâille et se masse la nuque.

— Ouais. On verra ça plus tard. Pour le moment, il faut qu'on avance. Je sais pas exactement combien de temps on a devant nous.

— On a un jour, ajoute-t-il, en surveillant les alentours. Peut-être deux. Avec un peu de chance, on trouvera une autre bagnole en chemin. Les batteries de celle-là faiblissent, et avec un pneu crevé... Je tiens pas à la charger avec un groupe électrogène une fois de plus. Je vais changer la roue. Essaie de rester en vie.

Le vent siffle à nouveau à travers l'impact de balle qui lézarde la vitre du conducteur. Zaïn se remet à fredonner.

Trente-cinq ans plus tôt, à la radio, une femme chante : « *The murdered thing is love…* » Au loin, une bagnole soulève sur son passage un nuage de poussière qui se mêle aux gaz d'échappement. Depuis l'appentis, je l'observe parcourir notre langue de terre cerclée de marais. Et bientôt, je distingue sur la portière le serpent et l'aigle. Le chaman ! Il est en avance. Je baisse le volume de la radio. « *A wide blue sky is very near…* »

Je gueule :

— M'an ! Le chaman arrive.

La camionnette s'arrête dans la cour, où des escouades de mouches vertes volètent autour de carcasses de sauriens suspendues, un croc de boucher en travers de la gueule.

Près de la porte d'entrée, les coyotes dressent une oreille. « *Now sleep, close your eyes and have no fear…* » Je coupe la radio.

La portière s'ouvre. Un emballage de barre Energator s'envole jusqu'à la surface du bayou. Le chaman descend du véhicule et fronce les sourcils avant de plaquer un mouchoir contre son nez.

Les gens disent qu'ici l'odeur est épouvantable. Le parfum âcre de la viande, celui, acide, des peaux tannées étendues au soleil, la chair putride et les insectes qui sucent la sueur, je ne les sens même plus. Et pour moi, ils font partie de la vie comme le ciel, le palude et les dieux. Je suis né ici.

Le chaman fait quelques pas dans le bordel brûlant. La brise fait tinter des gris-gris vaudous. Enchevêtrement de métal, d'os, de viande et de bois. Il tourne en rond, puis tape du poing sur la paroi de la camionnette en criant :

— Ohé ! Y a quelqu'un ?

Un instant, il considère une chimère clouée sur un arbre au tronc blanc. Combinaison de serpent et de passereau à calotte verte. Puis, du majeur et de l'index, il désigne le ciel, marmonne quelque chose que je n'entends pas très bien et appelle de nouveau :

— Kaiju Kepler ?

Devant moi, le broyeur à os hoquète et mon regard se porte dans la pénombre de l'appentis. Je me frotte les yeux pour les réhabituer à l'obscurité. Le moteur du broyeur force, un os résiste, mais finit par céder, et la machine reprend son ronronnement familier. Je secoue le sac de toile pour tasser la farine d'os à l'intérieur.

Je lie les bords avec un lien en plastique puis place un autre sac sous la buse d'où glisse la poudre blanche des squelettes de gators broyés.

Depuis la cour, le sorcier hausse le ton.

— Kaiju ? C'est le chaman Millan. Magnus Millan Krang.

D'un mouvement du pied, il écarte une poule qui s'approche de lui en caquetant. Les hommes n'approchent ni les animaux ni les plantes. Car les animaux, comme les plantes, cherchent à nous tuer. Seul le Kaiju… Le chaman surveille l'oiseau qui s'éloigne, puis reprend :

— Je viens chercher la marchandise pour la Tahat et pour le temple. Je prendrai aussi des œufs de caïman, si tu en as. Et de la bile et du sang, comme d'habitude.

Je lève la tête. Je m'éponge le front. Je soupire puis arrête l'appareil avant de quitter la tiédeur de mon atelier pour la fournaise. Instantanément, la lumière jaune mord mon dos nu, pourtant déjà noir de soleil. Je mets ma main en visière. Les paupières à demi closes, je m'avance vers le prêtre. Traînant les pieds dans la poussière, je dis :

— Excusez-moi de vous avoir fait attendre, monsieur. Je croyais que ma mère était là. Elle doit être dans la jungle en train de prier pour faire venir la pluie. Le Kaiju chasse.

À l'évocation de ma mère, un masque de dégoût passe sur le visage du chaman. À celle de mon père, sa bouche s'élargit, laissant paraître des dents pleines de tartre et de pierres précieuses.

— Il chasse ? s'étonne-t-il, en plissant le front. À cette heure-ci ?

— Il est dans le nord. Dans la Nora. Ça fait deux jours. Avec la sécheresse, la plupart des lézards sont montés. Il fait des repérages en prévision de la Tahat.

Le chaman éponge la sueur crasse qui cuit sur son front et dans les plis de son cou.

— Ouais, dit-il, en parcourant mon corps du regard. On prie pour que ça cesse. On s'y met tous.

— Pourquoi est-ce que les dieux ne nous protègent pas ? De quoi est-ce qu'ils nous punissent ?

Il croise les doigts sous son ventre bedonnant :

— Dis-toi que les punitions ne sont pas toujours de mauvaises choses. (Il enfonce une main dans sa poche.) Le jour où Ils ne te châtieront même plus, tu pourras commencer à t'inquiéter. Car ce jour-là, ils t'auront abandonné.

Il humidifie ses lèvres avec sa langue, et ses yeux brillent d'étrange façon lorsqu'il reprend :

— Tu es Yaoru, n'est-ce pas ?

J'acquiesce sans un mot.

— Ça faisait longtemps que je ne t'avais pas vu. Tu grandis bien. Un futur chasseur, à n'en pas douter.

Les bagues sur ses doigts brillent et attirent mon regard. Les bracelets de perles s'entrechoquent à ses poignets lorsqu'il se penche sur moi. Deux tatouages en forme d'œil garnissent ses joues arrondies par les implants. Chaque centimètre carré de sa peau est recouvert de poudre d'os. Il empeste l'eau de Cologne.

C'est à cet instant que je prends conscience de son rang. Et du mien. Alors je courbe la nuque et le dos et devine les orteils mycosés à travers le plastique de ses sandales. Malgré ses efforts pour lui échapper, les plaques de titane sous-cutanées, le fard, la chirurgie et le reste, Phusis le rattrape et le colonise.

— Ton père est quelqu'un de bien, me glisse Millan. Le meilleur tueur de sauriens dans cette partie du monde. Honore-le. Respecte-le. Sois digne de lui et sans doute arriveras-tu à marcher dans ses pas.

J'articule : « Oui, monsieur », tout en me demandant comment il pourrait en être autrement. Une nouvelle fois, je m'incline devant lui.

Le chaman avance d'un pas pour poser sa main sur mon épaule.

— Allons, allons, relève-toi.

Sa peau contre la mienne fait monter un courant électrique le long de mon bras. Je recule en grognant. *Ondule.* J'avale ma salive. Elle a le goût du fer, mais je courbe la tête un peu plus.

— Ouais, reprend Magnus Millan Krang, en raclant sa gorge asséchée. Les dieux pourraient aimer qu'un fils de Kaiju…

Il ne termine pas sa phrase et demande :

— Est-ce que tu pries ?

Je me redresse et nos regards se croisent.

— Bien sûr que je prie ! Chaque fois que le soleil se lève. Chaque fois qu'il se couche. Chaque fois que je mange. Chaque fois…

— Bien, bien, me coupe-t-il en se grattant la joue.

Puis d'un rapide mouvement de langue, il s'humidifie les lèvres, avant de réciter le premier psaume : « *An Edjh Dlia Dja* ». Je l'imite. Lorsque nous nous taisons, le vrombissement des mouches et le craquement du bois sous la chaleur du soleil prennent le relais. Un court instant, car le chaman ouvre à nouveau la bouche. Comme si le bruissement de Phusis tout autour de nous l'effrayait.

— Puissions-nous gagner cette guerre rapidement. Quel âge tu as ?

— Douze ans, monsieur.

— Excellent. Les dieux seront ravis. La semaine prochaine, nous préparons la Tahat. Tu pourrais nous aider. Qu'est-ce que tu en penses ?

J'hésite. Contredire un chaman est une faute. Contredire le chaman qui purifie et achète nos crocos serait une connerie.

— Oui, monsieur. J'espère juste que mon père n'aura pas besoin de moi. La Tahat est souvent une période avec beaucoup de travail. Il faut qu'on trouve des animaux pour les sacrifices et avec la sécheresse…

Le chaman éclate de rire, faisant grogner un coyote.

— Ne t'inquiète de rien. Ton père est sans doute

le meilleur Kaiju que nous ayons jamais eu. Je suis certain qu'il saura se débrouiller sans toi, et puis nous le dédommagerons.

Je danse d'une jambe sur l'autre sans répondre, quand le bourdonnement des hélices de l'hydroglisseur parvient jusqu'à nous. Les coyotes lèvent la truffe. Je scrute le marais. L'eau, les fougères et les lianes s'animent. Il arrive.

Celui qui vit dans le bayou et tue pour les chamans : le Kaiju. Mon père.

Il est fatigué, de cette fatigue que connaissent les chasseurs au retour de la traque. Ses yeux bleus sont devenus livides de soleil, comme si, chaque seconde, les photons du palude dissolvaient un peu plus la couleur de ses iris. Ses rides semblent des fissures de dessiccation sur sa peau sèche. Il est épuisé. De mauvaise humeur. Ses épaules sont voûtées. Sa bouche est ouverte à la recherche d'un peu d'air sec. Son ventre creuse son débardeur sale et on devine ses côtes et le renflement de son foie. Des insectes de toutes sortes sucent l'eau qui imbibe ses vêtements.

Par curiosité, je jette un œil au bateau qu'il vient d'amarrer le long du ponton. Dans la cage à sauriens s'entassent deux crocodiles du Rauc. Plus de deux mètres et des écailles kaki et régulières. Le cuir souple malgré l'âge. Du gras sur les flancs. Deux vieilles femelles. Un lien leur maintient la gueule fermée. Leurs pattes sont entravées par des chaînes. Et bien qu'elles aient été droguées à la Mô, leurs queues fouettent puissamment l'eau. Dans la travée du milieu, sont entassées quelques dépouilles de ragondins. De quoi manger cette semaine.

Arrivé à notre hauteur, mon père me donne une claque sur l'épaule.

— Couvre-toi devant le chaman.

Puis, tout en balayant la cour du regard, il s'excuse auprès de Millan.

— Pardonnez-lui. C'est un bon chasseur, travailleur. Sans aucun doute un futur Kaiju, mais c'est encore un enfant.

Le prêtre se frotte les mains. Ses bagues grincent les unes contre les autres. Il essuie la salive qui blanchit la commissure de ses lèvres.

J'enfile le t-shirt que je portais jusque-là noué autour de la taille.

— Vous êtes là pour la livraison ? fait mon père, les yeux perdus dans les marais.

La sécheresse le mine. Son moral et sa santé vont et viennent en fonction de l'état du palude. Son royaume. Millan Krang hoche la tête.

— Oui, les boutiques de Poghorn attendent des peaux, des dents et de la poudre. La Tahat approche à grands pas. Il nous faut aussi de la bile et du sang pour les enchantements. Les dieux en réclament.

Mon père acquiesce et se tourne vers moi.

— Où est ta mère ?

— Je ne sais pas. Sans doute dans la forêt en train de prier.

Il gratte l'arrière de son crâne. Il grince des dents. Ferme les paupières une courte seconde puis m'ordonne de charger les peaux, les sacs de poudre, les dents et les œufs de croco dans la camionnette du chaman. Et sans prendre la peine de changer de ton, il dit à Millan :

— Venez avec moi, on va attendre dans le bureau. Il y a un climatiseur.

Les sacs pèsent trente kilos chacun et les peaux paraissent en faire le double. Les écailles laissent des marques rouges dans la paume de mes mains et contre ma joue. Et pendant que je charge le fourgon, dans le mobile home qui sert de bureau, la voix de mon père éclate. Je l'entends vociférer malgré les vitres fermées et le ventilateur du condensateur qui tourne plein pot.

— C'est moitié moins que ce qui était convenu !

Je dresse l'oreille. Et m'approche jusqu'à entendre le chaman dire :

— Je sais. Je sais. Mais la guerre est partout. Et elle coûte cher.

— Parlez aux dieux ! tonne mon père. Gagnez cette foutue guerre !

Ses paroles fusent à travers le marais avant d'être aspirées par le chuintement des feuilles et des ailes. Je m'éloigne. Je retourne à ma tâche et charge un nouveau sac de poudre sur mon épaule tout en imaginant mon père soutenir le regard du chaman jusqu'à lui faire courber l'échine. Et le dos. Et ployer les reins.

Après de longues minutes, j'entends Millan reprendre la parole.

— Je suis désolé, Kaiju, mais c'est tout ce que je peux vous offrir. Nous finirons par gagner, vous verrez. Nos dieux trouveront une parade. Une fois de plus. Ils trouvent toujours quelque chose. Nous nous adaptons. C'est ce que nous avons toujours fait.

— Cette fois, c'est différent.

— Soyez patient. Tenez bon. Ne doutez pas d'eux, ajoute le chaman sur un ton qui n'appelle pas de réponse.

Pourtant, la voix basse, mon père dit :

— J'essaie.

— Priez.

Il y a un court silence et mon père prie.

— *An Edjh Dlia Dja*, chaman. Je suis avec toi.

— *An Edjh Dlia Dja*, Kaiju. Je compte sur vous pour la Tahat. Ramenez-nous un croco de quatre mètres comme l'an dernier. Les dieux et les fidèles ont besoin d'une prise de taille. Vous avez déjà pensé à chasser du côté de Nox ?

Tout est lent. Presque immobile. Le monde lui-même semble fatigué.

Sur l'asphalte, un coyote est écrasé. Des grumeaux de goudron lui perforent la peau. Ses crocs sont cassés. Un peu plus loin, Zaïn est debout. Il s'est arrêté pour pisser et une brise venue du sud fait danser une mèche de ses cheveux. À côté de lui, une cahute de ciment abrite des pissotières et des éviers. Un sac poubelle accroché à un poteau flotte comme un drapeau. Un lichen orange s'épanouit derrière le plexiglas d'un distributeur de bouffe. Et sur l'horizon, déjà le soleil décline. Le ciel est rose maintenant.

Zaïn réajuste son pantalon puis se penche pour ramasser une pierre. Il la jette en l'air, la rattrape, la soupèse, avant de l'expédier dans la vitre du distributeur.

Le verre éclate. Des morceaux pendent puis tombent.

Et les débris crissent sous ses semelles lorsqu'il entre son bras dans la machine. Il fouille. Extirpe des barres Energator, quelques sachets de chips, des bouteilles d'eau et un soda.

Après avoir déposé son butin sur le siège passager, il contourne la voiture. De la plante du pied, il secoue la roue de secours pour vérifier la pression. Ses yeux passent sur le coffre puis se dérobent, vagabondent et finalement se posent au loin. Sur la plaine où grossissent des nuages mauves.

— J'espère qu'Asram existe, murmure-t-il, et qu'ils sont bien là.

Tapi dans le coffre, Yaoru grogne quelque chose qui pourrait ressembler à : « Moi aussi. »

Zaïn se remet derrière le volant, allume le moteur, et reprend la route. Tout en conduisant, il pioche de petites poignées de chips molles dans le paquet ouvert sur le tableau de bord. Après en avoir avalé quelques-unes, il grommèle : « Merde, je tuerais pour des œufs de croco frits et un café. Même un de ces trucs dégueulasse de machine ferait l'affaire. »

Il se masse les paupières. Pour tuer le temps, il consulte son téléphone. Pas de messages. Pas de notifications. Pas de réseau. Bientôt dix jours que tout a déconné. Il lève les yeux de son portable pour contrôler la route. Puis pose son regard sur le rétro du milieu et soupire : « Tiens le coup. »

Bercé jusqu'à la nausée par le bruit des graviers grêlant les garde-boues, Yaoru s'endort. Et la nuit s'épaissit un peu plus.

Mon père attend que la camionette du prêtre ait disparu avant de m'empoigner par les cheveux à m'en décoller la peau. Il gueule :

— Qu'est-ce que tu as dans le crâne putain ? ! À quoi est-ce que tu penses ?

Je grimace de douleur, sans comprendre. Par réflexe, j'essaie de me débattre mais, à chacun de mes mouvements, il serre les doigts plus fort encore. Mes cervicales se voilent. Ma respiration devient lâche. Ma cage thoracique implose et je renonce à lutter.

— Tu vas aller te la couler douce avec les chamans pendant la Tahat ? Putain ! C'est comme ça que tu veux perpétuer notre dynastie ? Sale petit égoïste de merde ! J'ai passé deux jours dans les marais...

Il me jette à terre. Ma tempe heurte le sol. Mes paupières tombent et le monde se met à tourner à toute vitesse. J'inspire de la poussière. Je crache de la morve. Et vois mon père détacher du mur la ceinture en dorsales de croco. La colère sourd de sa voix.

— Je n'ai pas eu d'autre choix que de dire oui. C'est lui qui bénit nos lézards. De quoi ça aurait eu l'air ? Comment je vais faire ? Comment je vais préparer la Tahat seul ? ! Tu penses à ça ? À ta famille ? Bordel !

Les coups pleuvent. Ils mordent mon corps comme des mâchoires de feu, mais je ne résiste pas. Je ne me protège même pas. Je laisse mes mains balloter sur le sable et mes muscles s'endurcir de douleur. *Les punitions ne sont pas de mauvaises choses.*

Les poings et les écailles affûtées me déchirent la peau. Mon cerveau s'éteint et je rejoins les dieux.

Lorsque j'émerge, la nuit est tombée. Mon père est assis dans le fauteuil en cuir de gator qui pourrit dehors. Une bière à la main. Le feu crépite devant lui. Il dit :

— J'ai ramené des œufs de caïman. Va nous faire cuire une omelette. (Il écrase la canette de métal et la balance dans les flammes.) Décharge le bateau et va prier. (Il plonge sa main dans la bassine pleine de glace qui traîne à côté de lui pour en extirper une autre bouteille.) Demande pardon aux dieux d'abandonner ta famille. (Il détache l'opercule d'aluminium et boit une courte gorgée.) Demande-leur de t'envoyer de l'eau en signe de pardon, car tu ne boiras pas jusqu'à la Tahat. Ensuite va dormir. Demain on part pour Nox. Par ta faute.

Mes paupières papillonnent. Je me redresse. Mes os font semblant d'être durs mais tout mon corps est flasque et liquide. Pourtant j'acquiesce en silence. Et, lorsque je passe près de lui, mon dos se courbe, par respect plus que par crainte. Car je ne lui en veux pas. Je n'ai pas peur de lui. Je l'admire. Je le comprends. Il cherche à se départir de son fardeau. De la violence de la guerre et de la solitude des marais. Il voudrait que je l'aide à la supporter. Que je le soulage. Que j'en prenne ma part, mais la violence se diffuse plus qu'elle ne se partage. Dans l'eau, le sang, nos cellules. Elle traîne dans son sillage la peur, la haine et tout un bestiaire de monstres hideux.

Et je ne crois pas être prêt pour ça.

Les pneus tremblent contre les aspérités des lignes blanches. L'acier des portières racle celui des glissières de sécurité, faisant jaillir des gerbes d'étincelles et une odeur de brûlé. Zaïn se réveille en sursaut. Il braque. Avec l'à-coup, le genou de Yao heurte la paroi du coffre et la balle enfoncée dans sa jambe frotte contre l'os. La voiture quitte la bande d'arrêt d'urgence pour rejoindre la chaussée. Yao souffle, les dents serrées : « *Bok Na.* »

« Protégez-le », dans la langue des dieux.

Le jour se lève à peine. Ma cornée semble saupoudrée de chaux. Je ne suis pas certain d'avoir dormi. Je me suis pissé dessus pendant la nuit. J'ai rêvé de ma mère. Elle disait : « *Bok Na.* » Je me gratte les fesses, mets mon linge à sécher sur le bord de la fenêtre et quitte ma chambre.

Dans la cuisine, mon père déjeune de ragondin bouilli, et d'une potion à base de bile de caïman, de gnole de datte et de grains de café. La radio branchée sur une chaîne d'information en continu crachote que les stations météo du pays ont relevé « les plus fortes chaleurs jamais enregistrées » et que « les jours qui arrivent pourraient très largement dépasser ces nouveaux records ». La pluie n'est toujours pas d'actualité. Le nez dans sa tasse, mon père marmonne : « Elle va tous nous rôtir. »

Puis, s'adressant à moi sans relever la tête, il bougonne :

— Yaoru, mange et prépare-toi. On part dans une heure.

Du coin de l'œil, je balaye la pièce à la recherche de ma mère, mais je ne la vois pas, ni aucun signe d'elle. Les sourcils froncés, je lâche :

— OK.

Je prépare mon petit déjeuner et finis par demander :

— Où est maman ?

Une cuillère enfoncée dans son bol, mon père ne prononce qu'un mot :

— Partie.

Je l'interroge du regard, mais il ne lève pas les yeux de sa mixture. J'ose :

— Où ?

Cette fois, il égoutte sa cuillère sur la porcelaine, la dépose sur la table et porte toute son attention sur moi. J'avale ma salive.

— Qu'est-ce que ça peut foutre ? Elle est à moitié barge.

Le Kaiju a parlé. Je ne dis rien. Ma mère passe son temps dans le bayou à discuter avec les animaux et les plantes. Elle leur donne même des noms. Je m'installe à table avec une tasse de café tiède, une assiette d'œufs brouillés et de la viande d'alligator séchée. Je psalmodie une prière, que mon père reprend en chantant. Je n'ai pas vraiment faim mais j'engloutis le plus de nourriture possible. Arrivé à Nox je ne suis pas sûr de pouvoir manger. Les odeurs de bouffe rendent les lézards nerveux. Et Nox, c'est du sérieux. C'est plus loin que je ne suis jamais allé.

Mon père se lève, dépose sa vaisselle sale dans l'évier, avant de confisquer ma tasse de café.

— Pas d'eau. Les dieux t'en donneront lorsqu'ils t'auront pardonné.

Un vautour enfonce son bec dans la bouche d'un cadavre coincé entre deux épaves. Des corbeaux attendent leur tour un peu plus loin, posés sur un panneau : SORTIE 18 ASRAM PAR COL DES PIERRES. Zaïn freine et s'arrête. Des bagnoles sont encastrées les unes dans les autres le long de la bretelle d'accès. Quelque chose bouge entre les carlingues. Une bruine légère clapote sur la tôle. Zaïn se masse la nuque, puis déplie la carte sur le volant. Il marmonne. Son doigt parcourt le papier. « La vallée. Le col des Pierres. Asram. » Les essuie-glaces se mettent en marche. Zaïn récite : « Nous pouvons vous protéger. » Il enclenche la première, repose son regard sur la route. À voix basse, il supplie : « S'il vous plaît, faites que ce soit vrai. »

La voiture progresse lentement. Elle se faufile sous les stratus laiteux. Slalome entre les véhicules à l'arrêt. Érafle des ailes. Froisse des portières. Le métal grince et réveille un chien enfermé dans un monospace.

Il pleure au milieu de cadavres gris à la peau grignotée. Il aboie. Il passe en couinant du coffre au tableau de bord. Sa langue pend. Zaïn détourne la tête en récitant : « 44° 7'16.52" nord, 3° 34'53.77" est ».

Arrivé au péage, il presse le pare-chocs contre la barrière et accélère. Une odeur de plastique chaud monte du moteur. Les pneus crissent. Le truc résiste. Un temps. Puis la charnière cède.

Et la voiture passe.

Noyées dans la brume, les vallées des Trois-Veines s'étendent devant eux. Seuls émergent les sommets blancs de la chaîne du Fageas. Zaïn roule au pas, les bras croisés sur le volant. Machinalement, il pose sa langue sur sa lèvre. Il marmonne, arrête la bagnole puis décroche le cran de sûreté de son arme et sort.

— J'en ai pas pour longtemps, dit-il, en tapotant le coffre du bout des doigts.

La brise dépose des gouttes le long des carrosseries. Quelque chose crie dans le lointain.

Zaïn s'éloigne en direction des bornes de péage, traverse la barrière éventrée, puis disparaît derrière un préfabriqué.

Pris au piège dans sa bagnole tapissée de sang séché, le chien jappe en voyant Zaïn approcher. Les mains en évidence, Zaïn murmure :

— N'aie pas peur. Tout va bien.

Lentement, il glisse ses doigts dans la poignée puis pointe son revolver vers l'embrasure. Face à lui, le clebs glapit. Il aboie comme un demeuré. Ses griffes rayent les vitres barbouillées par son haleine. D'un geste, Zaïn ouvre la portière et la bestiole détale. Il renifle. Il se redresse et relâche ses épaules et sa nuque. Un long moment, il observe la flaque de brouillard qui l'avale peu à peu. Puis il retourne vers sa voiture en longeant la glissière de sécurité. Ses ongles traînent sur le métal mouillé, quand le chien arrive en courant. Il le dépasse d'un mètre ou deux. Fait volte-face. S'arrête. S'assoit et lève la patte. Zaïn sourit, s'agenouille et fait :

— Salut, toi.

Tout en le caressant, il attrape son collier pour y lire son nom.

— Job. Salut, Job.

En un rien de temps, l'odeur de chien mouillé envahit l'habitacle et gagne jusqu'au coffre.

— Job, dit Zaïn, en s'installant derrière le volant, le type que tu sens, là derrière, c'est mon père. Il est malade, mais je crois que j'ai trouvé quelque chose pour le soigner. Il s'appelle Yaoru.

L'animal aboie. Il grogne. Il montre les crocs, le poil hérissé et le cou tendu en direction de Yao.

— Pour l'instant, tu risques rien, fait Zaïn, en lui grattant le sommet du crâne. Mais garde un œil sur lui.

Après un temps, Job se calme. Tourne sur lui-même, coincé entre le siège passager et la boîte à gants. Renifle le fauteuil maculé de morceaux de cervelle séchée.

Lèche les éclats d'os collés au tissu puis se couche dessus, avant de s'endormir en ronflant.

Du creux de la main, Zaïn lui flatte le museau.

— J'ai toujours voulu avoir un chien, dit-il, en pressant le bouton d'allumage. Mais je ne crois pas que maman t'aurait adoré. Elle aimait pas tellement les animaux. Elle était convaincue que vous n'aviez pas d'âme. Juste de la viande. Je me demande ce qu'elle penserait de tout ça.

La voiture s'enfonce dans la brume. Sur le tableau de bord, le voyant des batteries passe de l'orange au rouge.

Un éclair illumine la jungle d'orange. La pluie crépite sur les feuilles grasses. Le tonnerre fracasse la nuit qui tombe. Le visage tourné vers le ciel, la langue tirée, je laisse les gouttes glisser dans ma gorge grande ouverte. Mon père sourit en me tendant une gourde :

— On dirait que les dieux t'ont pardonné. C'est une bonne chose.

J'acquiesce en silence. J'attrape la gourde mais n'y boit qu'une gorgée. Par défi. Par fierté. Mon père m'ébouriffe les cheveux.

— Bois, fils. Bois. On ne manquera pas d'eau.

Alors je reporte le goulot à ma bouche et le tète goulûment.

L'orage ne dure pas et nous passons la nuit allongés sur le pont moite.

Je rêve encore de ma mère quand une hausse de régime du moteur me réveille. Mon père est à la barre. Je m'étire. Le ciel est mauve. Des bancs de brouillard filandreux s'évaporent au soleil. Je me lève et le rejoins. Il boit une gorgée de tisane d'usnée dans laquelle fond de la poudre de Mô. Le visage fermé, concentré sur les marais, il demande :

— Bien dormi ?

— On est repartis depuis longtemps ?

— Quelques heures.

La coque du bateau accroche une souche. Je m'agrippe à une coursive. L'hydroglisseur tangue, déchire le voile de brume. Et je vois le sec. Le vide et l'ocre. La mort et un jour brûlant qui se lève.

La végétation a disparu. Le sable recouvre les berges, les herbes, les arbres, les lianes et les fougères. Le sable recouvre tout. Le marais ne bruisse plus. Les moustiques et les mouches volent en ordre dispersé. Des bouquets de droséra crèvent jusque dans les rares zones d'ombres. La vase sèche empeste le méthane. Des flammes jaunes et vertes s'allument et s'éteignent le long des crevasses de boue. Le bois s'embrase. Les feuilles crépitent. Le foyer s'éteint, avant de reprendre plus loin en fumerolles éphémères. Phusis elle-même semble avoir abandonné cet endroit.

Je demande :

— Qu'est-ce qui se passe ?

Le Kaiju tord la bouche. Il manœuvre entre les racines et les souches immergées. Il évite les branches basses, puis coupe le moteur laissant l'inertie nous mener jusqu'à un énorme palétuvier mort, écroulé en travers du cours d'eau et nous barrant la route. Ici le palude est peu profond et le bateau s'échoue. L'embarcation remonte de quelques centimètres en heurtant le fond. Elle grince et vacille, puis se stabilise.

— Nous sommes à Nox, sur le front, dit enfin mon père. Et on n'ira pas plus loin. Le marais s'assèche, explique-t-il. Le désert progresse vers la mer. Mais c'est bien plus rapide que ce que je pensais. Phusis brûle tout. Elle veut nous faire rôtir comme des brochettes sur la fonte. Elle transforme le monde en enfer. Et, après nous, elle renaîtra.

De l'autre côté du tronc, des pas étouffés nous font dresser l'oreille. Le son dodeline et crisse. Silice, kératine. Des écailles sur une berge. Puis le bruit s'étend à l'eau. Se répand, zigzague à quatre ou cinq reprises et tout redevient calme. Des lézards.

Mon père pose son index sur sa bouche.

Je me tais.

J'écarquille les yeux.

Je suis prêt, la main déjà posée sur le manche de mon couteau, quand une odeur de musc attire mon regard. En aval, un loup du désert remonte le long de la berge. D'un geste, j'en informe mon père. Il fait non de la tête. La langue de la bestiole pend entre ses crocs. Son pelage est gris et mité. Du fil barbelé est enroulé autour de sa patte. Elle boite. Elle est assoiffée. Du museau elle sonde les bords en quête d'un passage pour rejoindre l'eau. Là, elle s'arrête.

Ici, elle dresse l'oreille. Elle hume l'air avant de se risquer à descendre sur un banc de sable humide.

Sa patte s'enfonce.

Animal stupide.

Les marécages l'absorbent. Le loup se débat. Il panique. Il comprend enfin. Trop tard. Il hurle. Les crocos vont rappliquer. La soif et le désespoir de la guerre font qu'il n'a rien vu. Qu'il n'a rien compris. Sauvage. Idiot. Ni les basses eaux ni la vase sableuse qu'on devine en dessous. Et encore moins les os et les touffes de poils amoncelés à la surface.

Le loup suffoque. Il la supplie. Mais elle assassine ses propres enfants. Elle s'en nourrit. Les dévore. Et chacun de ses cadavres la rend plus forte.

Elle me dégoûte.

Attiré par le bruit, un premier lézard apparaît. Trois, peut-être quatre mètres. Il nage puissamment. Passe le tronc qui nous barre la route. Indifférent aux branches qui rayent son museau. *Clac.* Les membranes nictitantes opacifient ses yeux. Elles les colorent de jaune et l'irisent de vert. Il chasse. Sa langue claque. *Clac.* Le souffle de son nez ride l'eau. *Clac.*

Il est tout près maintenant.

Le Kaiju a décroché son lasso de capture. Il le fait rouler entre son pouce et son index. *Clac.* En apprécie le poids. Il pose sa langue sur ses lèvres. Je pose ma langue sur ma lèvre. Il récite sans un son. *Ondule Fluide Sans peur Ne sois pas proie…* Je tire mon couteau de son étui et murmure à mon tour. *Ondule Fluide*… Mon pied décrit un arc de cercle. Celui de mon père se tend, pointe vers l'avant. *Clac*. Nos yeux sont rivés sur la bête. Je suis prêt. *Sans peur*. J'attends les ordres du Kaiju. La voix des dieux.

— Yao, au-dessus de toi ! Attention !

La gueule vomissant l'eau du bayou et la queue enroulée autour de l'écorce, deux caïmans sinuent sur le tronc du palétuvier. *Clac*.

— On dégage ! crie mon père.

Je passe par-dessus bord. La vase remonte autour de moi. J'ai de l'eau jusqu'au torse. Mes pieds heurtent des pierres, des racines et du bois mort. J'essaie de courir mais je trébuche sans arrêt. Dans mon dos, une plainte de métal s'élève du bateau lorsque les bestioles dégringolent dedans. J'accélère. Je nage malgré mes vêtements trempés. Je récite. « *Ondule Fluide*… » Et lorsque j'atteins enfin la berge, je me retourne et aperçois mon père. Il est à quelques mètres de moi et rampe lui aussi sur le banc de sable. Il m'ordonne de me mettre à couvert quand la mâchoire d'un croco aux écailles rousses sort de l'eau et se referme sur sa jambe.

Des os cassent.

Le Kaiju hurle.

La douleur lui déforme le visage. La bestiole serre les dents et cette fois, les os explosent. Phusis secoue la tête à droite et à gauche et le corps de mon père racle le sable, inconscient. Alors elle relâche sa prise et s'approche en soufflant. Elle sort de l'eau. Elle prend deux pas d'élan et, d'un violent mouvement de tête, elle cogne mon père au visage, le propulse dans les airs comme une poupée de paille. Le bruit des écailles contre sa peau percute mes oreilles. Mon père retombe dans la poussière. La bête le piétine. D'autres os craquent. Des tendons claquent. Des éclats de cartilage perforent les veines. Le sang coule bleu sous la peau. Les hématomes grossissent, tendent les tissus, et le visage du Kaiju devient violet.

Le croco s'approche, renifle le corps désarticulé. Et alors seulement, il le délaisse pour s'intéresser à moi.

La peur me brûle les yeux.

Je balbutie la litanie des chasseurs, sans parvenir à m'en souvenir tout à fait. « Fluidej'ondulesans... »

J'ai douze ans. J'invoque les dieux. Mais personne ne vient à mon secours, jusqu'à ce que...

Bok Na.

La voix de ma mère.

Bok Na.

Elle se propage en moi.

Bok Na.

Elle me protège.

Et électrise ma colonne vertébrale. Les gestes reviennent. Vifs. Précis. Par réflexe, je déplie le lasso de capture que je garde enroulé sur mon torse. *Ne sois pas proie Mais prédateur Ondule.* La pointe de mon pied trace un arc de cercle dans la boue. La voûte s'enroule sur le sol. Le talon bascule. Je relève la tête. *Fluide.* Le croco charge. Je hurle. *Sans peur.* Il hésite. Referme la gueule. Trop tôt.

Le lasso se resserre autour des mâchoires. La bestiole se cambre. Remue. Cherche à m'entraîner dans les marais, mais je *bouge Ondule Fluide Sans peur.* Je la laisse s'agiter. Je la laisse s'épuiser. Comme elle, je vagis. J'instille la crainte dans son esprit. *Prédateur.* Les autres bêtes reculent et rejoignent le désert.

Je passe la corde autour d'un tronc. Je gueule pour me donner du courage. Les muscles bandés, je manœuvre la bête en direction du bateau. Sans perdre de vue mon père qui dérive entre les roseaux.

La colère me rend plus fort. La vengeance broie mon âme. Je beugle :

— Je vais te crever !

Mon sang pulse. Je suis vivant. Puissant. Dominant. Je contrôle ses mouvements. Je la maîtrise à présent. Ses enchantements ne prennent plus.

Je suis Yaoru, le fils du Kaiju. Le prédateur suprême. Le sommet de la chaîne alimentaire.

Et lorsque ses assauts se feront moins violents, j'enroulerai la laisse autour du winch scellé à l'arrière du bateau. Je la raccourcirai un peu plus à chaque tour de manivelle. La bête s'agitera encore par saccades. Par désespoir. Mais je suis plus fort. Et bientôt je l'aurai hissée sur le pont, enfermée dans la cage et elle n'aura plus d'autre choix que d'inhaler la poudre de Mô. De quoi la tenir tranquille jusqu'à notre retour.

Jusqu'à ce que mon couteau lui tranche la gorge sur l'estrade de la Tahat.

Les ombres dominent. La route a rétréci. Peu à peu, elle s'est faite sinueuse. Les plateaux du Cyresck se sont éloignés. Imperceptiblement, les cheveux d'ange et les pierres ont cédé la place à une forêt de chênes jaunes, d'érables rouges et de pins verts, d'où s'envolent des corbeaux braillards. Dans le fond de la vallée bouillonne une rivière qui déborde par endroits. La voiture traverse des taches de brume échappée du sous-bois. L'air humide se condense contre les vitres froides.

Zaïn se masse le cou. Il se frotte les yeux. Il bâille sans cesse. Yao aimerait lui dire de s'arrêter. De se reposer. Mais sa langue est lourde. Comme faite de pierre. Et elle ne bouge plus que pour laisser couler un filet de salive sombre.

Zaïn rétrograde pour passer un virage en épingle. À côté de lui, Job ouvre un œil. Le toise, regarde le paysage, puis se rendort. C'est comme ça depuis des heures. Les kilomètres se suivent. Se ressemblent. Zaïn fait craquer sa nuque en penchant sa tête sur son épaule. Et, semblant avoir entendu les vœux de son père, il finit par se ranger sur le bas-côté et couper le contact.

— Je m'arrête un peu. Il faut que je me repose.

Il attrape l'appuie-tête, se retourne et demande :

— Tu m'entends ?

Péniblement, Yaoru entrouvre les lèvres. Il expire un air rauque. Chaque geste lui coûte. Un hoquet quitte sa bouche. Il bave. Il essaie de parler mais sa voix n'est plus qu'un filament éteint.

— OK, fait Zaïn, je prends ça pour un oui.

Puis il cale son genou dans l'angle du tableau de bord. Enveloppé par la respiration du clebs, il laisse aller sa tête contre le siège et sa nuque devenir molle.

Dehors, les braises du soleil s'éteignent une à une.

Blotti dans son ventre de métal, dissout dans la pénombre du coffre, Yaoru remonte ses genoux contre sa poitrine.

— Tu sais, commence Zaïn, en accrochant une cigarette entre ses lèvres. Je ne crois pas que je pourrai te tuer. C'est pas que…

Il fume sans un mot, puis s'agace :

— Merde… Espérons qu'on n'en arrivera pas là.

Il glisse son mégot à travers l'impact de balle qui craquelle la vitre. À l'extérieur, la lumière baisse d'un cran et la forêt devient noire.

Il fouille son sac à la recherche d'ivermectine.

— Il faut qu'on trouve de quoi soigner ta jambe.

Rapidement. Sinon tout ça n'aura servi à rien. Pour le reste, l'ivermectine a l'air de donner de bons résultats. Je veux dire… T'es pas encore passé de l'autre côté. Hein ?

Au bout d'un moment, il trouve les comprimés et en avale un.

— Mieux vaut prévenir… Je suis persuadé que ça vient de l'estomac, dit-il en s'étirant.

Puis, il ferme les yeux, se perd dans ses pensées et s'endort en marmonnant : « Nous pouvons vous aider. Rejoignez-nous. Coordonnées 44° 7'16.52" nord, 3° 34'53.77" est. »

Quand Yaoru se réveille, il a soif. Les crampes lui broient les muscles. L'odeur suave et collante de la sève de pin se répand dans la carlingue pour se fondre dans celle de la sueur et du linge moisi. Il ouvre les yeux. Le matin visqueux s'insinue en fins rayons à l'intérieur du coffre. Il s'approche de la lumière comme une bête d'une source. Les lèvres retroussées. La langue coincée entre les dents. La plaie dans son cou semble enfler. La balle dans sa jambe brûle sans cesse et son ventre gronde.

Dans la forêt, la mousse est terne contre les arbres. La brume épaissit l'air. L'eau glisse le long des écorces pour rejoindre le creux des feuilles mortes. Et entre les troncs, quelqu'un avance. S'approche, écartant le brouillard. Enroulant ses pas autour du silence. Une silhouette passe devant la voiture. Yaoru s'enfonce dans la malle. La silhouette revient sur ses pas, s'accroupit devant le coffre, tend l'oreille, frémit, puis s'éloigne à reculons.

L'homme a le visage fermé, rongé par une barbe blanche tachée de roux. Il porte une chemise de bûcheron et un bonnet de laine. Il doit faire dans les cent trente kilos. Il mouche son nez entre ses doigts, se mord la lèvre, secoue la tête et décroche la carabine qu'il porte à l'épaule. D'un seul mouvement, il relève le chien puis cogne le viseur contre la vitre. Deux coups secs et mats troublent la quiétude laiteuse de l'aube. Deux canons sont pointés sur le visage de Zaïn.

Job grogne le premier. Les yeux de Zaïn papillonnent, s'entrouvrent, s'arrondissent, s'écarquillent. Sa bouche se déforme. De l'autre côté de la vitre, l'homme ajuste la mire et replie son index sur la détente. Par réflexe, Zaïn cale ses épaules contre la portière. Prêt à encaisser une salve de chevrotine.

Quelques feuilles dégringolent dans la brume.

— Barrez-vous, grommèle l'homme en baissant son arme. Toi et le monstre que tu trimballes dans le coffre. Foutez le camp. Et si tu veux un conseil, qui que ce soit là-dedans, tue-le. Parce que lui n'hésitera pas. Tue-le. Sans attendre.

Le bûcheron laisse passer un moment, renifle et murmure : « *Bok Na* », avant de se mettre à crier :

— Tirez-vous avant que je change d'avis !

En un rien de temps, Zaïn enclenche le contact et avale les kilomètres. Sans arrêt, son regard revient vers le rétro. Tant il s'attend à voir une balle pulvériser la lunette arrière pour venir se loger dans sa nuque. Mais rien n'arrive. Alors il se détend et reporte toute son attention sur la route, puis sur le voyant qui clignote dans l'angle du tableau de bord : une pile stylisée éclairée de rouge.

« Pourquoi ? » Je navigue deux jours entiers. Je gueule : « Pourquoi ? » De la morve plein la bouche, je répète : « Pourquoi ? »

« Pourquoi ne l'avez-vous pas protégé ? Pourquoi ? Pourquoi lui ? Où est votre justice ? Mon père est le Kaiju ! Alors pourquoi ? »

Je pleure. Je gueule à m'en écorcher la gorge. « Répondez-moi ! »

Mais ma voix ne trouve plus d'écho dans la nuit du bayou. Et pour la première fois de ma vie, je suis seul.

À mes pieds, dans la travée, dans la faible lueur d'une lanterne entourée de papillons de nuit et de moustiques, mon père suffoque. Sa respiration stridule. Son visage est tellement gonflé que ses yeux ne sont plus que des fentes minuscules. Son genou est plié dans le mauvais sens. Du sang dégouline de ses oreilles. Ses côtes cassées tordent sa poitrine.

Il n'a même plus forme humaine.
— Tiens bon, je dis. Je vais te sortir de là.

La rivière déborde. Des gerbes d'eau giclent de part et d'autre de la bagnole. Les pneus dérapent. Zaïn se cramponne au volant. Soudain une fille déboule de la droite en hurlant. Sans avoir le temps de réagir, Zaïn la percute. La nana s'affale sur le capot, sa tête traverse le pare-brise. Elle a la peau bleue. Elle gueule, la langue cyanosée, les dents luisantes. Les yeux révulsés couverts d'une pellicule blanche, elle vomit des vers noirs. Coincée dans la vitre, elle se débat comme un animal enragé malgré les éclats de verre enfoncés dans ses épaules et ses joues.

Réfugié sous la boîte à gants, Job aboie. Les oreilles rabattues et les babines troussées, il cherche à mordre. Mais Zaïn écrase le frein et la fille se retrouve projetée sur le goudron. Sa jambe se tord à l'équerre en rencontrant la route. Pour autant, elle n'arrête pas de brailler. Elle s'agite. Elle rampe. Ses yeux foudroient Zaïn, qui réenclenche le contact, passe la première et accélère.

La tête tournée vers le ciel, la fille rugit. Zaïn la contourne, en récitant à toute vitesse : « Nous pouvons vous sauver. Vous sauver. Nous pouvons vous sauver. Rejoignez-nous. Rejoignez-nous. Nous pouvons vous sauver. Nous avons des médicaments. Un traitement. Nous pouvons vous sauver. Vous sauver. » Un mantra. « Nous pouvons vous sauver. »

Une goulée d'espoir.

L'habitacle empeste la peur malgré l'air humide qui s'engouffre par le trou dans le pare-brise. Frénétiquement, Zaïn tripote les boutons du poste pour faire défiler les fréquences. Les enceintes crachotent des sons parasites. « Nous pouvons vous aider. » Il s'inquiète.

— Où est-ce que vous êtes ?

Il s'impatiente en claquant sa main contre le volant. « Bordel ! »

Il triture le potentiomètre et, d'un coup, des mots brouillés de grésillements jaillissent des enceintes.

« ... pouvons vous... (Bruit.) Nous avons de quoi vous soigner et vous guérir. (Bruit.) Nous sommes un groupe composé de représentants de l'armée... (Bruit.) scientifiques. Nous sommes établis dans l'ancienne station météo d'Asram. Coordonnées 44° 7'16.52" nord 3° 34'53.77" est. Nous avons des médicaments et des armes. Je suis le colonel H. Woksz. J'ai avec moi des hommes. Et ensemble... (Bruit.) Nous sommes organisés. Nous sommes... (Bruit.) Nous pouvons vous protéger. Nous avons de quoi vous... (Bruit.) Nous sommes... »

Après plusieurs kilomètres, Zaïn sort de sa torpeur et se remet à respirer normalement.

— Merde, ça faisait longtemps qu'on n'en avait pas vu. Ces putains de Z. Je commençais à croire qu'on avait réussi. Qu'on en était venu à bout. (Il fait un mouvement de la tête vers l'autoradio.) Qu'ils avaient une solution. J'espérais... Merde, j'espérais vraiment.

Et puis, d'un coup, l'adrénaline retombe. La fatigue l'accable. Sans y penser, il époussette les éclats de verre du siège passager. Job revient s'enrouler dessus.

La pile stylisée éclairée de rouge s'éteint.

La voiture hoquète, cale puis s'arrête.

Un long bip monte du tableau de bord.

Chapitre II

Les filles ne sont pas censées *bouger*

En sortant du temple, je vais à la plage me gargariser d'eau de mer et de sable. J'écarte les bras et les jambes. L'eau est tiède. À peine agréable. Je flotte. Je laisse le soleil brûler ma peau. Je laisse les vagues rouler dans mon dos. La plage s'éloigne. J'enfonce mes oreilles sous l'eau. Le son de l'océan m'emplit le cerveau et chasse de mon esprit les râles que le chaman Millan a poussés lorsqu'il a joui. Chaque fois, j'essaie de les oublier, mais avec le temps, ils se superposent les uns aux autres. Formant une chaîne de honte et de foutre longue de bientôt cinq ans. Cinq années d'humiliation. Enfant, j'étais fier d'avoir été choisi par les dieux. Aujourd'hui…

« Putain de connard. »

J'avale de l'eau salée. J'avale la mer entière. Mais rien n'y fait.

Pendant que je dérive, les premiers feux d'artifice éclatent au-dessus de Reta. Les mises à mort ont commencé. Retransmises un peu partout, commentées sur les radios vaudous et sur les écrans suspendus dans les rues. Des milliards de pixels de sang. Des cadavres en 4K. Et pour chaque bête abattue, les alchimistes décochent leurs fusées vertes et jaunes. « Hourra ! Hourra ! » Et les fidèles exultent, les lèvres et les doigts gras de viande de croco grillée.

Nous célébrons le jour où nous avons créé les dieux : la Tahat. Nous nous empiffrons. « Hourra ! » Nous baissons la tête, nous nous prosternons. « Hourra ! » Nous prions. « *An Edjh Dlia Dja.* » Les marais brûlent et s'assèchent. Le sable gagne chaque année un peu plus. Nous perdons la guerre. Mais la foule scande. « Hourra ! hourra ! hourra ! », la panse remplie de bidoche.

Dans les rues de Reta, un speaker annonce le sacrifice de quatre autres crocos. Allongé sur l'eau, je pense à ma mère. Je ne l'ai jamais revue. D'après mon père, elle est devenue folle et elle habite la forêt comme un bête. « Phusis l'a reprise. Elle les reprendra toutes. »

Je dérive et maintenant la plage n'est plus qu'une minuscule bande jaune. Mon père m'attend, mais je ne suis pas pressé. Depuis l'accident, les choses ont changé. À présent, je gère la chasse, les stocks, la maison, mon père. Tout. Je n'ai pas été ordonné Kaiju. Je vends des babioles aux fidèles, aux restaurants et aux boutiques vaudous. Je ne chasse pas pour les chamans. Je ne donne pas de saurien pour la Tahat. De toute façon, je crois de moins en moins. Je doute constamment.

Je braconne des crocos. Je prie sans ferveur. Je trace des entailles sur le flanc des dieux.

Je plonge ma tête sous l'eau et expire de grosses bulles pendant que la foule gueule. « Hourra ! Hourra ! » Mon père s'est réveillé après quatre semaines de coma, avec des côtes cassées, la mâchoire, le nez et les arcades sourcilières fracturés. Des dents déchaussées. Une hanche et un genou réduits en bouillie. Le ventre perforé. Un poumon percé. Et une commotion cérébrale. Les chamans l'ont déclaré mort et les toubibs n'ont jamais voulu se prononcer. Mais il a survécu et aujourd'hui, cinq ans plus tard, le Kaiju marche avec une canne, chie dans une poche de plastique, picole et fume de la Mô du matin au soir. Défiguré. La bouche tordue. Une larme de pus suinte à la commissure de son œil. Il est devenu plus frêle qu'une brindille.

Il m'attend. Je prends mon temps. Je lui en veux. De ne pas avoir été à la hauteur, d'être presque mort, et de m'avoir obligé à grandir. Je lui en veux de baisser les bras. De ne pas être fort. De ne plus être le Kaiju.

Malgré tout, je rentre. Le retour est long et compliqué. Les courants m'entraînent vers le large et je nage un moment pour rejoindre la côte. Une fois sur le sable, je pose mes mains sur mes genoux. Je reprends mon souffle. Je crache un mélange de salive et de morve qui se dissout dans une flaque.

Plus haut sur la plage, une voix lance en rigolant :

— Tu reviens de loin.

Je redresse la tête et découvre une fille. Belle. Jolie même. Et sa jupe et son chemisier m'obligent à me gratter la nuque. J'inspire une bonne goulée d'air avant de répondre que le courant m'emportait vers le large. Mal à l'aise, je parle en regardant mes pieds, les genoux rentrés, les mains croisées sur mon entrejambe. Je suis nu. Elle me charrie :

— T'inquiète, tu peux enlever tes mains, ça me dérange pas.

Une nouvelle salve de fusées multicolore nous fait tourner la tête en direction de Reta. Des serpentins verts et jaunes crépitent dans un ciel d'incendie, suivis par un brouhaha de hourras et d'applaudissements. La fille demande :

— T'es le fils du Kaiju, pas vrai ?

Rapidement, je me rhabille.

— Ouais.

— On avait le stand à côté du vôtre à la Tahat, il y a quatre ou cinq ans. Ton père est une putain de légende. Le plus gros croco dix années de suite. (Elle siffle entre ses dents.) Personne n'avait jamais vu ça.

— Ouais. (Je me gratte de nouveau l'arrière de la tête.) Ça a changé.

Je me passe la main dans les cheveux pour éponger l'eau.

— Qu'est-ce que vous faites ? (Je secoue mes doigts pour les essorer.) Qu'est-ce que vous vendez ?

— Dans ma famille, on est des pêcheuses. On prend

surtout du thon. Des thons rouges du Rauc. On habite un petit village dans la baie de Poghorn. De l'autre côté de Grand C.

Elle fronce le nez, puis se reprend :

— On était. On était des pêcheuses. (Elle enfonce ses mains dans les poches de sa jupe, juste sur les cuisses.) On a arrêté. C'est fini.

— Pourquoi ? Qu'est-ce qui s'est passé ?

Laissant ses doigts dans ses poches, elle hausse les épaules.

— La putain de vie... On s'en sortait plus. Avec l'eau qui se réchauffe, les poissons se font rares. Il faut aller plus loin et plus profond. Il faut sortir plus longtemps. On pouvait pas faire face, alors on a vendu le bateau. Terminé. (Elle me regarde dans les yeux pour me montrer qu'elle n'a pas honte.) On est restées quelque temps dans la baie, mais la mer a continué à monter. Elle est remontée le long des fleuves. Elle a gagné sur les rivières. Les animaux meurent. Les gens fuient comme des rats. Voilà ce qui s'est passé : la putain de vie.

— Je suis désolé.

— T'y es pour rien.

— C'est cette foutue guerre.

Cette fois, elle éclate de rire.

— T'es con ! La guerre contre Phusis c'est un truc inventé par les chamans pour se rendre intéressants. Sans cette guerre, qui se soucierait d'eux ?

— Et les incendies alors ?

Elle se mord l'intérieur de la joue.

— C'est le monde qui est cassé. Les chamans l'ont détraqué avec leur guerre à la con. Tu crois que tu pourrais le réparer ? T'es le fils du Kaiju après tout !

Je frotte le sel qui sèche sur mon cou.

— Je peux essayer.

Une vague plus grosse que les autres s'étale sur la plage et s'échoue sur nos chevilles. Je dis :

— Tu vois, cette salope d'océan nous en veut.

Elle rigole et demande :

— T'as quel âge ?

— Dix-sept.

— T'as l'air plus vieux.

Je rougis. À nos pieds l'eau s'infiltre entre les grains de sable. Puis une auréole d'écume apparaît. J'ôte une algue que la mer a déposée sur mes orteils. Je redresse la tête.

— Et toi ?

— Quinze.

Une mèche de cheveux se détache de sa natte pour voleter sur son front où elle la laisse divaguer. Je regarde l'horizon.

— Qu'est-ce que tu viens faire ici si tu n'as rien à vendre ? C'est loin de chez toi pour faire des courses.

Elle sourit. Elle n'arrête pas de sourire. Ou de rire. Faisant gonfler ses pommettes. Faisant plisser ses yeux et rebondir sa poitrine. Faisant rayonner son corps tout entier. Elle est heureuse et ça me rend mal à l'aise.

Ça me gêne de ne pas me sentir aussi bien dans ma peau. C'est comme si, en moi, il y avait moins de vie. Plus de vide et de rien.

Elle explique :

— On cherche du travail. On aide à monter les stands. On aidera à les démonter lorsque la fête sera terminée. L'année dernière, on s'était fait passer pour des vestales. On avait eu de bonnes payes et des lits dans les dortoirs du temple. Rien que des filles. (Elle me fait un clin d'œil, que je ne comprends pas.) Mais cette année, on a eu moins de chance.

— On ?

Sa main quitte sa poche pour désigner les dunes. Je lève les yeux pour fouiller les montagnes de sable. Les oyats plient sous l'air marin. Des grains de silice chantent en passant les uns sur les autres. Une silhouette remonte le vent.

— Moi et ma sœur. Bianca. Moi c'est Jeanne.

Absorbé par les mouvements de la fille dans les dunes, je ne réponds rien. Je ne remarque même pas la main que Jeanne me tend. Et après un moment, je demande :

— Est-ce qu'elle *bouge* ?

— Ouais. C'est son truc. Depuis qu'elle est petite, elle rêve de devenir Kaijue.

— Qui lui a enseigné ?

La silhouette de Bianca se fait plus précise à mesure qu'elle avance vers nous. Et bientôt, je vois son pied s'élever pour décrire un arc de cercle maladroit. La pointe est tendue, mais la voûte est courbée dans le mauvais sens. Les orteils se déroulent, puis le talon martèle. Bien trop fort. Les bras en balancier, lancés loin devant. Ample comme il faut. Les doigts écartés en rémiges. Le regard fixe. Et la bouche qui récite, sans intonation ni intention, un « ondfluide… » mal foutu.

— Personne, rétorque Jeanne. Elle a appris toute seule.

Mon regard se reporte sur Jeanne. Ma salive brûle en passant dans ma gorge :

— Si les chamans la voient…

— Ils la marqueront. C'est déjà fait.

— Les filles ne sont pas censées *bouger*.

— Ouais. Les chamans pensent que les femmes sont faibles. Qu'on ne peut jamais résister à l'appel de Phusis. Hystériques, ils disent.

— Les dieux non plus ne vont pas aimer ça. Il faut qu'elle arrête.

Et comme si c'était la réponse à tous les problèmes, elle se marre de nouveau.

— Tu crois vraiment à toutes ces conneries ?

Je fronce les sourcils. Elle dit :

— Les dieux n'existent pas.

Ma bouche s'entrouvre. Dans le ciel rouge, un nuage s'évapore pour laisser éclater le soleil. Les dieux n'existent pas ?

Les batteries s'éteignent alors qu'ils traversent une forêt baignant dans dix centimètres d'eau. Le jour décline et tout est gris. Le monde semble saupoudré de bruits. Et puis un point lumineux se met à briller entre les arbres. C'est jaune et électrique et quasiment humain.

— On peut pas rester là, fait Zaïn, en quittant la bagnole. Avec le pare-brise dans cet état, on est des proies faciles. Il faut qu'on bouge. On en a vu un tout à l'heure, il est sans doute pas seul. Il a forcément mordu des gens ou quelqu'un l'a mordu. Il y en a d'autres, c'est certain. Et dans le noir, ils ont clairement l'avantage. (Il jette un coup d'œil en direction de la lumière.) S'il y a du courant, il y a des vivants. Ou en tout cas un bâtiment où on pourra s'abriter.

Il cogne une phalange contre la portière arrière. Il ouvre le coffre. À l'intérieur, Yao dort. Une petite seconde, Zaïn reste silencieux. Il charge son sac de leurs maigres affaires et demande à Job de surveiller les alentours. De nouveau, il regarde son père allongé dans le coffre, auréolé de la lumière jaune du plafonnier. Ensuite, il vérifie le chargeur de son arme et la crosse calée dans la paume de la main, il secoue la voiture :

— Yao ! Réveille-toi. On y va.

Yao ouvre un œil. Toutes ses douleurs reviennent et avec elles la grimace qui lui déforme le visage depuis des jours.

— Les batteries sont mortes, explique Zaïn. Mais il y a un bâtiment là-bas. (Il déplie son doigt en direction de la lumière.) On va s'y abriter pour la nuit. Il va falloir que je te traîne. Un pull tendu entre deux branches. (Il sourit, en continuant.) Un brancard. C'est grand-père qui m'a appris ça... Il disait qu'il ramenait les crocos jusqu'à son bateau de cette façon. C'est rudimentaire mais ça fonctionne bien.

Yao referme l'œil.

— Arrête tes conneries. On n'a pas de temps à perdre. Faut qu'on arrive avant la nuit. Job ? Job vient ici !

Il fait noir à présent. Les feuilles bruissent dans la brise du soir. Le brancard trace dans l'eau sale des sillons réguliers. La boue colle aux chaussures de Zaïn. Des gouttelettes de vase froide glissent sur la nuque de Yao. À leur côtés, Job patauge, le pelage lourd de glaise.

Le menton levé vers le point jaune, Zaïn avance entre les arbres fondus dans la nuit. Étrangement, il progresse vite et, mètre après mètre, il devine un peu plus distinctement le porche de la ferme fortifiée d'où émane la lumière. Et dessous, l'immense porte en bois. Sombre et close.

Des squelettes de troncs et de fougères se succèdent au rythme de sa respiration. Un clapotis léger résonne, vague rumeur à travers la forêt. La terre gorgée d'eau aspire les sons. Et puis, quelque chose bouge dans les ténèbres, déplaçant une onde liquide à contre-courant. Une mâchoire claque. Quelque chose crie.

Zaïn se fige.

Job montre les crocs.

Ils sont là. Yao les sent dans son ventre.

Ils sont deux. Trois. Ils avancent, de l'eau jusqu'aux chevilles. Quatre. Cinq. Ils sortent de partout. Six. De chaque nuance d'ombre. De chaque silence. Sept. Huit. Affamés. Grognant comme des bêtes. On entend leurs dents mordre l'air et leurs pieds s'enfoncer dans la tourbe.

— Ils arrivent, souffle Zaïn, en se mettant à courir.

Son sac ballote sur son dos. Des herbes lui fouette les jambes. Des buissons d'épines lui griffe les bras. Les branches du brancard accrochent la terre.

Les autres sont partout. Juste derrière eux. Mus par l'instinct, ils se rapprochent.

La lumière de la lune traverse la canopée. Elle tache les ténèbres et découvre les vers que dégueulent leurs yeux, leur bouche, leurs oreilles et leur nez. Leur visage grouille.

Zaïn accélère.

Brutalement, la forêt s'arrête et s'ouvre une clairière colorée d'argent, dans laquelle jaillissent des monstres. Il y en a des dizaines. Ils sont là !

À droite, une femme en uniforme de postière hurle. Ses épaules sont remuées de tics. Elle attaque. Elle cherche à mordre. Ses ongles griffent la joue de Yao. Mais Zaïn change de direction et la sème. Un môme bondit en rugissant. Job le saisit au vol. Il l'entraîne au sol où il serre ses crocs sur sa gorge en secouant la tête dans tous les sens. Un sang épais lui macule la fourrure tandis que le gosse couine, perdu entre rage et douleur.

Ils sont là, mais le mur d'enceinte de la ferme se dresse maintenant juste au-dessus de la tête de Yao. Zaïn donne un grand coup d'épaule et la lourde porte s'ouvre. Yao se tortille. Il essaie de bouger pour échapper à une main qui l'arrache de son brancard et le soulève jusqu'à une gueule ouverte qu'une balle traverse. Il y a une détonation et deux trous béants dans la tête du type qui s'écroule, entraînant Yao dans sa chute. Couvert de morceaux de cervelle et d'éclats d'os, ivre de norépinéphrine, désorienté et effrayé par les Z qui s'approchent, Yao abdique. Mais Zaïn l'empoigne par le col et l'aide à franchir le seuil. Job se faufile à son tour. Puis Zaïn referme la porte et le calme de la nuit revient. À peine entend-on les autres s'agiter de l'autre côté. À peine entend-on leurs crocs s'entrechoquer et la masse de leurs corps se presser contre les planches de l'entrée. Ici, tout est ombre et argent.

Zaïn pose un genou sur le sol pour reprendre haleine, quand une voix, saoule de fureur, lance :

— Ils vous ont mordus ?

Zaïn lève la tête pour fouiller la nuit. Il cherche le long des murs de pierre irradiés de rayons de lune. Il suit du regard la ligne de crête qui sépare la forteresse du ciel jusqu'à tomber sur une femme perchée sur le porche. Elle tient un fusil à pompe. Et elle répète :

— Est-ce qu'ils vous ont mordus ?

Lentement, Zaïn se redresse en serrant ses doigts sur son arme.

— Non.

La femme pointe son canon sur Yao, dont la tête repose sur sa poitrine.

— Et lui ?

— Il a une balle dans la jambe et une mauvaise plaie dans le cou, répond Zaïn. Une fièvre de cheval.

Il ment :

— Mais pas de morsure.

Le claquement de la balle entrant dans la chambre du fusil raye le silence. La femme distribue des ordres.

— Posez votre flingue. Déshabillez-vous. Je vous ai ouvert ma porte. Je ne veux pas m'en mordre les doigts. Je veux être certaine qu'il n'y aura pas de problème. Ma famille vit ici.

— OK, fait Zaïn en baissant les bras. Je comprends.

Il *bouge* comme un Kaiju. Il *ondule*. *Sans peur*. *Fluide*, il fait glisser la sangle de son pistolet par-dessus sa tête, il le jette à terre. Puis enlève ses vêtements.

L'arme collée contre la hanche, le canon toujours pointé sur Yao, la femme descend du mur d'enceinte. Elle a les cheveux longs, coiffés en tresses. Une polaire trop grande recouverte de motifs de Noël. Un pantalon cargo lui ceinture les hanches. Sa peau est épaissie par les nuits où l'angoisse efface le sommeil. Une pierre rose pend à son cou.

Zaïn est nu dans le froid. La femme le détaille en restant à bonne distance. Il a les épaules voûtées, les mains ramassées sur le bas du ventre et un halo de fumée blanche s'évanouit devant sa bouche à chacune de ses expirations. Elle lui demande de lever les bras. Il hésite. Gêné. Il s'exécute. Puis elle épaule son fusil et se tourne vers Yao en visant quelque part au milieu du front. Elle grince :

— Y a combien de temps ?

À genoux dans la fange, assis sur ses talons et baigné de lune, Yao ricane. Elle répète :

— Y a combien de temps ?

Zaïn ferme les yeux. La femme gueule :

— C'est arrivé quand ? !

Zaïn ouvre les yeux, contemple la boue noire une courte seconde avant d'avouer :

— Ça va faire neuf jours.

Yao pose son menton contre sa poitrine. La femme

fait non de la tête, en approchant d'un pas pour être certaine de ne pas manquer sa cible.

— Vous foutez pas de moi ! Il faut quelques heures pour se transformer. Vingt minutes suffisent pour les moins robustes. Y a pas d'exception. Alors quand ?

Zaïn grelotte.

— C'est mon père. C'est un des patients zéro. Je suis biologiste. J'ai mis au point un protocole de soins. Et pour l'instant, ça le maintient dans cet état. Parfois, il arrive à parler.

La femme se mord la langue en abaissant son arme, bien que son index reste posté devant la détente.

— Alors c'est ça ce regard, dit-elle. De la peur et de la pitié. La peur de le perdre et la pitié de le voir comme ça.

Pendant qu'elle parle, Zaïn se rhabille.

— Je vous juge pas. Je sais ce que c'est. Vous voulez le voir mourir pour que ça cesse. Mais vous ne voulez pas le perdre. Alors vous espérez. Peut-être même que vous priez. Peut-être même que vous traversez des montagnes...

Sans lâcher Yaoru des yeux, elle change de sujet.

— D'où vous venez ?

— Reta.

— Vous êtes loin de chez vous... Qu'est-ce que vous foutez là ?

Elle a l'accent du nord. Les toniques violentes et les ondulations en fin de phrase. Cette façon de bouffer les mots. Zaïn sourit timidement en pensant que, finalement, ils progressent. Elle en est la preuve.

— On essaie de rejoindre Asram, explique-t-il. La station météo. Il y a un message qui tourne à la radio. Ils disent avoir un remède. Ils disent qu'ils peuvent nous aider.

— Ouais, acquiesce la femme, le regard toujours vissé sur Yao, mais vide maintenant, sans rage. J'ai entendu ça. C'est sur les longues ondes. Ici, on les capte aussi sur les courtes. C'est un autre message. Ou plutôt des émissions. C'est pas une boucle. Ils racontent leur vie. Ils parlent expérimentations, techniques de survie…

Cette fois, Zaïn sourit pour de bon.

— Qu'est-ce qu'ils disent ? Comment est-ce qu'ils s'en sortent ?

Elle balaye la question d'une grimace mais ajoute :

— Comme nous tous, ils tuent des Z. Ils boivent de la soupe en Tetra Pak, ils espèrent se réveiller le lendemain sans avoir mal au dos et ils…

— Ils ont un traitement ? la coupe Zaïn, avant d'enfiler son pull.

Elle gonfle les joues.

— Ils disent que oui.

Le visage de Zaïn s'illumine comme celui d'un enfant une veille de Tahat. Il rigole. Il regarde son père. La femme, la main posée sur la poitrine, tripote la pierre qui pend à son cou, sertie dans un écrin d'argent. Elle poursuit :

— Vous emballez pas. J'y crois pas à leur truc. Vous avez vu comme moi, dehors il y en a de plus en plus. S'il y avait un remède, on serait au courant. Je crois pas à la magie. Au truc miracle. (Elle secoue la tête de gauche à droite et machinalement attrape la pierre qui lui sert de pendentif.) Bien sûr, il doit y avoir des savants qui travaillent, mais pour moi, ils ont que dalle. Il y a un type qui parle à la radio. Un professeur. Un biologiste. Joseph Udie, il s'appelle. Il affirme qu'il a de quoi ramener les Z à la vie. Mais je miserais pas un centime là-dessus. C'est des conneries.

— Pourquoi vous ne partez pas ? Pourquoi vous n'y allez pas ?

Sans répondre, elle se renfrogne et désigne une grange d'un mouvement du menton.

— Vous pouvez dormir là. Vous serez bien. Au sec et en sécurité. Mais demain à la première heure, vous reprenez la route. Et ça vaut ce que ça vaut, mais je m'appelle Yaël.

Une fine pluie crépite sans discontinuer sur la couche de boue qui recouvre la cour. Yaël est partie depuis une bonne heure maintenant. Job se tient assis à l'orée du hangar. Au-delà tout est anéanti par la nuit. Suspendue à une poutrelle d'acier de la charpente, une ampoule nue éclaire l'abri. Vautré dans la paille, Yaoru observe son fils fouiner à l'intérieur d'un vieux pick-up stationné là. Sa mâchoire claque toute seule. Ses yeux s'assèchent. Des trucs remuent dans son estomac.

Après plusieurs minutes, Zaïn ressort de la bagnole avec des clefs suspendues entre les doigts.

— Je savais qu'Asram, c'était du sérieux, dit-il. Avec leur labo et leur matériel, je suis sûr qu'ils ont quelque chose. Et s'ils n'ont rien, je trouverai un antidote, je te ramènerai.

Il agite le jeu de clefs dans le creux de sa main et ajoute :

— Encore une nuit et on sera en sécurité. Là-bas, tout ira bien.

Yao tousse. Des gouttelettes de sang s'éparpillent sur le sol. Zaïn s'assoit quelques mètres plus loin. Le dos appuyé contre une roue de la voiture, il fouille son sac en quête de quelque chose à manger.

Yao essaie de parler mais il tousse de nouveau. Et le sang s'ajoute au sang. Zaïn regarde le chien se rouler en boule dans un cocon de poussière.

L'air siffle dans la gorge de son père lorsqu'il parvient à articuler :

— Pourquoi ?

L'oxygène dans ses narines a la texture du verre pilé. Il expire.

— Pourquoi tu m'as pas laissé là-bas ? À crever.

Les yeux fixés sur Job, durs comme des larmes de lave froide, Zaïn dit :

— Tu es un des premiers. C'est important. Et puis tu es mon…

Lui coupant la parole, Yaël franchit la nuit. La lumière

jaune trace des ombres sur son visage. L'eau ruissèle le long de ses cheveux, goutte depuis le bout de son nez. Elle porte un plateau avec dessus, deux bols de soupe fumants et une boîte de fer-blanc, et dessous, son fusil dirigé vers Zaïn.

— Posez les clefs sur le sol, dit-elle en installant le plateau en équilibre sur un bidon. Vous repartirez comme vous êtes venus. À pied.

Zaïn obéit. D'un mouvement, Yaël se baisse, ramasse le trousseau et le fourre dans sa poche. En se redressant, elle désigne la jambe de Yao.

— J'ai apporté de quoi extraire la balle et de quoi suturer. Y a aussi du bouillon de poulet.

« Dévorons-la ! » Dans les haut-parleurs, une voix de speaker crachote. « Priez les dieux. Priez plus fort ! Priez encore ! Ensemble gagnons la guerre ! Tuons Phusis et mangeons sa chair ! Dévorons-la ! »

Les dieux n'existent pas.

Bâtie au milieu du delta, Reta bouillonne. Cinquième jour de Tahat. Sur l'écran, un chaman au visage dénaturé par la chirurgie glisse sa lame sous la gorge du saurien suivant. Une foule fardée de poudre d'os et affublée de masques se masse autour d'un écran pour ne rien manquer. Elle applaudit. Le couteau tranche le gras du cou. Le sang coule. La foule scande : « Hourra ! ». Et, des lambeaux de poitrine de croco coincés entre les dents, elle danse au son des tambours rituels.

Un alchimiste lance une grenade. La bombe explose loin au-dessus de ma tête et des milliards de confettis dégringolent du ciel, virevoltent au gré des masses d'air en flocons multicolores.

Tout brille. Des lampions sont suspendus entre les façades et, dessous, les stands s'alignent dans les rues et les ruelles. Et à perte de vue : bougies, poteries, poudres, potions, attrape-rêves, cartomanciens, gourous, cuirs de saurien, poissons, bijoux, sel, gemmes de mer et de montagne. Toute la communauté est là, réunie pour fêter le jour où nous avons déclenché la guerre. « Hourra »

Nous sommes en retard.

À ma suite, les roues de la charrette battent le pavé. Gigantesques, elles dépassent du plateau à l'arrière duquel mon père est assis. Enfant, c'était ma place. Et je n'avais jamais envisagé de la quitter. Je pouvais rester des heures assis là à regarder le Kaiju s'affairer. Sans rien perdre des autres, qui l'admiraient.

J'essuie la sueur qui me coule dans les yeux. Ma tête tourne. Il y a trop de couleurs, trop de bruit. Trop de mouvement, trop d'humains. Beaucoup trop. Je suis un enfant des marais. Là où tout est lent, vert et subtil. J'exècre cette ville.

Devant moi, des vieilles sous des ombrelles déambulent, le pas lourd, pour vendre des babioles ou des sandwichs. J'ouvre la bouche à la recherche d'un peu d'air. Mais ne trouve que des relents de parfum et de viande grillée. De la main, je refuse un éventail brodé que cherche à me vendre une grosse femme en nage. Elle hausse les épaules en râlant, exhibe ses dents d'or et de pierre brune, puis chasse quelque chose de devant son nez, avant de se traîner en direction d'un groupe de fidèles.

— C'est fait main. C'est béni par les chamans. Oui, oui. Ça porte chance.

D'autres vendeurs ambulants ouvrent des brèches dans la foule compacte et j'en profite pour me glisser dans le sillage d'un colosse – chemise de bûcheron et bonnet de laine malgré la chaleur – qui vend de l'eau contre cinq billets.

Des évacuations d'eaux usées serpentent sur le sol tacheté de confettis. Derrière les stands, des bâches transparentes dansent devant les portes crevées des bordels. Là-bas, un vieux est assis sur le perron d'un immeuble promis à la destruction. Les mains tendues vers le ciel. Un sac de papier posé à ses pieds, il braille à moitié saoul : « Hourra pour nos dieux. *An Edjh Dlia Dja.* » Il a la marque des hérétiques, un vague Z tracé sur l'épaule, et la gueule rongée par la variole. La sécheresse, la chaleur inoxydable et la terreur de la guerre nous rendent tous fous à lier.

Le soleil brûle jusqu'à nos âmes.

Le vendeur d'eau s'arrête devant un écran suspendu à la coursive d'un balcon. Dessus, un crocodile d'une petite centaine de kilos se débat, pendu par la queue. Un chaman baragouine et, autour de moi, la foule baragouine avec lui.

J'en profite pour presser le pas.

Et lorsque la fusée explose dans le ciel, je débouche

enfin sur la grand-place, où j'installe notre stand. Barnum et banderole : BROCHETTES FAÇON KAIJU. Cinq billets.

J'époussète les confettis collés sur mes épaules et mes bras.

J'allume une poignée de paille. M'accroupis et ouvre la porte du poêle pour glisser les flammes à l'intérieur. Les brindilles s'embrasent. Le bois prend. De la cheminée monte une épaisse fumée dans laquelle dansent des lucioles escarbilles. Je referme la trappe. Me redresse, puis passe un chiffon humide sur la fonte. L'eau crépite en s'évaporant. Tout en m'affairant, je pense à la fille de la plage. Jeanne.

Les dieux n'existent pas.

J'attrape la planche à découper et le hachoir demi-lune. Détaille l'ail des ours et les herbes à seb. Les écrase dans un creuset. J'ajoute le miel, le vinaigre et l'infusion de citronnelle. Je laisse mijoter quelques instants.

Je lève les yeux. Partout s'infiltre la foule de fidèles. Et les dieux n'existeraient pas ? Je balaye cette idée en secouant la queue de la casserole. La sauce caramélise sur les bords, je l'éloigne des flammes et la pose dans un coin de la cuisinière pour la maintenir au chaud. Ensuite, je découpe des carrés de viande, des morceaux de légumes et de fruits que j'enfonce sur des piques. Je les enduis de sauce avec un pinceau puis soulève la plaque de fonte qui recouvre le foyer, laissant les flammes nues rôtir les brochettes. La sauce dessine des bulles à la surface de la viande. L'air se remplit d'une odeur de graisse brûlée. Je fais rouler la brochette entre mon pouce et mon index.

En retrait, assis sur une chaise, mon père picole. Parfois, des vieilles voûtées enserrent ses mains de leurs mains. Les portent à leur front, les embrassent, en le remerciant. Il hoche la tête sans un mot. Le reste du temps, il grogne.

Les premières brochettes sont cuites. Je les badigeonne de sauce. Le miel caramélise. Je les égoutte. En dévore une, puis en propose une à mon père, qui l'attrape, l'inspecte, la goûte du bout de la langue, avant de la jeter sur le pavé. La foule l'écrase. Mon père crache :

— C'est fade.

La corde dans sa bouche a un goût de moisi. Ligoté au poteau qui soutient le toit, Yao se débat pendant que Zaïn tient une pince à clamper enfoncée dans son genou.

— J'y suis presque.

Yao arc-boute sa nuque contre la poutre. Ses pieds dérapent sur le sol. De la poussière de paille scintille dans la lumière.

— Arrête de bouger !

Mais la douleur avive la rage et Yao hurle. Ses yeux rampent vers Yaël, qui le tient en joue. Vers sa gorge. *Mordre.*

— Je l'ai ! annonce Zaïn.

La friction du sang, du métal et des muscles fait un bruit épouvantable lorsqu'il extrait la pince, au bout de laquelle brille une balle rouge.

— OK, dit-il. Il ne reste plus qu'à refermer. Essaie de rester tranquille maintenant.

Tout en suturant, il demande :

— Tout à l'heure vous ne m'avez pas répondu. Pourquoi est-ce que vous ne partez pas ?

Yaël soupire et cale son arme contre la clavicule de Yao pour passer une main dans sa poche.

— Mon père et mon mari sont quelque part là-bas. (D'un vague mouvement, elle désigne le reste du monde, au-delà des murs d'enceinte de la ferme.) Ils se sont transformés et je ne veux pas les abandonner. Et puis j'ai mes filles. Des jumelles. Elles auront douze ans demain. On est en sécurité ici. On a de quoi manger. Dehors, on sait pas. Il y en a des centaines. Ils sont partout. La mort est partout. Non. Je peux pas partir. On n'est même pas certain qu'ils aient quelque chose. Croyez-moi, on serait au courant si un remède existait.

— Venez avec nous, la presse Zaïn. Entre leurs découvertes et les miennes on mettra au point un traitement. On tient largement à quatre dans votre pick-up.

Sa tête se balance entre ses épaules.

— C'est pas si simple.

Elle s'humidifie la lèvre du bas avant de la mordiller.

— Ma famille habite cette ferme depuis plus de dix générations. Et ce truc, cette maladie, c'est comme si tout à coup, le monde avait une fin. Si ça s'arrête, je veux que ça soit ici.

Zaïn coupe le fil, scotche une compresse de chaque côté de la cicatrice. La tête de Yaoru se met à tourner.

Yaël joue avec le trousseau de clefs qu'elle garde dans sa poche et change de sujet.

— Qu'est-ce que vous lui donnez pour qu'il ne se transforme pas ?

— Un cocktail d'antibiotiques à large spectre et d'antiparasitaire pour croco. Un peu d'hormones pour combattre l'état de choc.

Yaël hoche la tête.

— Ouais, il y a des vers qui grouillent dedans. J'ai vu ça. Quelque temps après la transformation, ils ont des vers qui leur sortent du visage. Des yeux, des oreilles, du nez, de la bouche. C'est dégueulasse.

Elle apporte les deux bols de soupe encore fumants et demande :

— Ça serait des parasites d'après vous ?

— Je ne suis pas sûr. Ça reste une hypothèse mais il y a des précédents.

— La guêpe qui zombifie les coccinelles ?

— Par exemple, oui. Pour le moment, je n'en sais pas beaucoup plus. C'est pour ça qu'il faut qu'on aille à Asram. Pour avoir des réponses.

Elle ne commente pas. Zaïn détache la corde qui entrave la bouche de son père, attrape le bol que lui tend Yaël et le cale entre ses cuisses. D'une main, il braque son arme sur Yao, de l'autre, *Fluide*, il remue le bouillon avec la cuillère, libérant des effluves d'herbes et de gras. Il fait glisser le liquide chaud et huileux entre les lèvres de son père, qui, maladroitement, ouvre la bouche en grand pour ne pas en perdre une goutte. Cuillère après cuillère, sur son menton râpeux, les larmes se mêlent à la soupe. Zaïn les essuie du bout de sa manche, sans que son doigt repose sur la gâchette.

— Après ça, dit-il, tu te sentiras mieux. C'est sûr que ça ne vaut pas une marinade de Kaiju, mais admets que ça fait un bien fou.

Leurs yeux se croisent, et dedans il n'y a plus ni hostilité ni méfiance. Simplement le regard d'un père et d'un fils.

Pendant qu'ils mangent, Yaël envoie un os de poulet en direction de Job. La bouffe roule jusqu'au chien, qui couine de bonheur. En passant près de lui, Yaël lui masse le dessus du crâne, avant de se diriger vers le fond de la salle. Là, elle s'arrête devant une porte à guillotine cadenassée, embrasse son pendentif, gratte le bois de la cloison et murmure :

— Les filles, c'est maman.

Puis, ouvrant son médaillon, elle en sort une clef, déverrouille le cadenas, relève la porte, s'agenouille et attend. Lentement, de l'ombre sortent deux fillettes. Elles sont pâles et leurs yeux sont cernés. Elles ont les mains et les bras tendus à hauteur du visage pour se prémunir de la lumière du hangar.

— Stop, ordonne Yaël. Bougez plus !

Et les gamines se figent. Dans l'instant, elles se rapprochent l'une de l'autre en tremblant. Yaël déglutit.

— Il y a des gens. Ils vont passer la nuit ici. Alors vous n'irez pas plus loin.

À chacune, elle tend deux barres Energator, que les fillettes dévorent à même l'emballage. Leurs lèvres craquelées s'enduisent de chocolat.

— Ce sont mes filles, fait Yaël, en se tournant vers Zaïn. Zoé et Zannaya. Ne vous approchez pas d'elles. Sous aucun prétexte.

Ligoté à son poteau de métal, Yaoru se met à convulser.

Le signal sonore de la marche arrière effraie les oiseaux entassés dans la bétaillère. Jeanne cogne sur le hayon, en gueulant :

— OK, c'est bon, t'es arrivé.

Je serre le frein à main. Je reviens au point mort et le bip s'arrête. À mes côtés, Bianca fume un mégot de cigare, dont le parfum couvre un moment l'odeur des fientes.

Elle tire une courte bouffée, ouvre la portière. Souffle un petit nuage bleu et dit :

— Ça va leur faire du bien. La nouvelle crève de faim.

Je la regarde descendre en faisant de mon mieux pour ne pas m'attarder sur ses cheveux relevés et moins encore sur le large Z qui lui dénature l'épaule. Je détourne même les yeux en croisant sa nuque dorée de soleil. Je n'ai jamais connu de fille, et celle-là m'envoûte.

Jeanne a fait sauter les taquets et Bianca l'aide à baisser la ridelle lorsque je les retrouve à l'arrière du camion. Le métal vibre en heurtant le sol. Une onde de chaleur, suivie d'une odeur d'animal s'échappe de la caisse ; quelques plumes volètent dans le petit matin. À la vue de la lumière, les oiseaux s'agitent dans les cages.

Je monte dans le container, écrase au passage du grain et des merdes molles. Je dis : « Ça va aller », mais les poulets piaillent de plus belle. Dans le vacarme, je desserre les cliquets des sangles. Je répète : « Ça va aller », sans que ça change quoi que ça soit. Et puis, d'une main, je libère la première caisse et la fais glisser jusqu'à Bianca.

À l'intérieur, les volailles s'affolent.

Cette semaine, il n'y en a que dix caisses : vingt poulets. Pas assez pour nourrir tout le monde.

— Il va falloir en trouver d'autres. Et rapidement, fait remarquer Jeanne.

J'acquiesce d'un signe de tête et décharge les autres caisses.

À nos pieds s'étend la première ferme saurienne du monde.

Le ranch Kepler.

Un entremêlement de bric et de broc. De corridors construits de cadavres de bagnoles et de blocs de ciment coulés à la va-vite. Des zones refuge, des promontoires. Des trappes. Des piscines de fortune entourées de palettes et de fils barbelés, dans lesquelles paressent huit crocos du Rauc. Cinq mâles. Trois femelles.

Dont celle qui a les reflets rouges. Celle qui a massacré mon père. Et pour la première fois depuis cinq ans, elle est pleine et la ponte est imminente.

Après l'accident, alors que mon père était maintenu hors de la mort grâce à des tubes, des machines et des potions, je suis resté des jours durant seul, assis sous le cagnard. En tailleur. Trempé de sueur, brûlé par le soleil. Des cloques sur les épaules et les bras. Mais je ne me levais pas. Je gardais les yeux fixés sur sa cage. Indifférent aux feux qui naissaient autour de moi. Indifférent aux braises et aux cendres. Je n'ai pas fait de sacrifice pour la Tahat cette année-là. Je ne suis pas devenu Kaiju. J'étais incapable de tuer le croco aux reflets rouges. Tout comme j'étais incapable de le relâcher.

Je voulais le dominer. Par vengeance, par orgueil et parce que plus rien ne m'en empêchait.

Ce ranch est mon monde. Pas celui des chamans, ni de mon père, ni même des dieux. C'est le mien.

Une bourrasque apporte des postillons de cendre et l'haleine brûlante d'un brasier lointain. Les confettis macabres clignotent dans le soleil.

Je dis :

— La lune monte, Il faut qu'on collecte les dents.

Les filles ne connaissent rien aux lézards. Mais elles apprennent vite.

— Les dents de crocos poussent à la lune montante. Les nouvelles délogent les anciennes. Grosso modo, une dent de croco sert un an à peine et il y en a quatre-vingts. Ça fait quatre mille dents par vie. Et chacune se vend cinquante billets une fois attachée à un tendon ou à une lanière de cuir. Dans la nature, elles se perdent dans l'eau, dans la vase. On en trouve, mais pas beaucoup. Gamin, je parcourais le delta de long en large pour en glaner deux ou trois. Mais ici on les aura toutes. Sans exception.

— OK, fait Jeanne, je vous laisse la bougeotte avec les lézards et le drive de poulet. J'ai les peaux à finir de tanner.

Elle s'éloigne de quelques pas avant de se retourner pour nous rappeler de garder un oiseau pour le repas de midi.

— Je le plumerai.

Tout en parlant, elle rejoint le camion d'où elle extirpe des jerricans d'acide formique, d'acide borique et d'eau de Javel. Les liquides chavirent dans les fûts. Jeanne glisse son couteau à écharner dans la poche arrière de sa salopette, puis balance un sac depuis le caisson de la bétaillère. Vingt-cinq kilos de sel s'écrasent dans un son flasque.

La semaine dernière, on a été obligés d'abattre deux jeunes gators qui s'appliquaient, nuit après nuit, à foncer nos clôtures. C'est Jeanne qui s'en est occupée. Sans prière et d'un coup de pistolet à charge captive juste sous la nuque. On a écoulé la viande dans les Croco Burger de Reta, et le reste, la poudre, les dents et les griffes,

Bianca le vend aux fidèles, en ville, sur le marché ou sur les plages. On s'est gardé une queue qu'on a bouffée grillée, marinée à la Poghorn, en regardant le soleil se coucher. Aujourd'hui, Jeanne tanne leur peau. Dans le Cyresck, les manufactures payent le prix fort pour de la peau de gator. Surtout celle de jeunes. Elle est moins abîmée, plus souple et plus facile à travailler. Sûr qu'on en tirera un bon prix.

De son côté, Bianca plonge les mains dans une caisse pour attraper deux poulets, qu'elle saisit par les pattes. Les bestioles se débattent, elles claquent des ailes en quittant la caisse. Des plumes volent. Mais Bianca maintient sa prise tout en grimpant sur la carcasse d'une machine à laver qui sert de promontoire.

Là, elle gueule : « À table ! », et prend deux pas d'élan. Son bras décrit un arc de cercle et les oiseaux passent par-dessus la clôture. De l'autre côté, les crocos dodelinent, la gueule ouverte.

Plus tard, Bianca me rejoint. On évacue la merde et les plumes qui s'agglomèrent le long des clôtures. On écope les cendres froides qui forment une croûte grise à la surface des piscines.

Elle *bouge* de mieux en mieux. Pourtant, la femelle aux reflets rouges se tourne dans sa direction. Dans sa gueule, des débris d'os vibrent lorsque sa langue claque contre son palais. *Clac.* Je serre l'aiguillon à bestiaux entre mes doigts. Le pouce posé sur l'interrupteur. *Clac.* 230 V au bout du bras.

— Lucy ne m'aurait jamais fait de mal, fanfaronne Bianca, alors que nous nous installons aux côtés de Jeanne qui, assise dans le coffre de la bétaillère, rogne un os.

L'air sent la graisse chaude.

— Et de toute façon, continue Bianca en s'assombrissant, jamais tu ne l'aurais électrocutée. T'oserais pas. Tu l'aimes bien plus que moi.

Je ne veux pas m'appesantir là-dessus. Je change de sujet.

— Lucy ? Tu lui as donné un nom ?

— Bah ouais, pas toi ?

Je regarde mes pieds et avoue :

— Si. Je l'appelle Tic-tac. Comme dans *Peter Pan*. Pourquoi Lucy ?

Elle hausse les épaules et allume un cigare.

— Comme dans la chanson.

— Je trouve ça chouette, l'appuie sa sœur. Mieux que Tic-tac en tout cas.

— Merci, fait l'autre en s'inclinant en une révérence.

Puis elle répète :

— Lucy. Ouais. Ça lui va bien. Même si nommer les animaux est interdit.

— Sorcellerie, traître, fait Bianca en montrant les dents.

— Domestiquer les animaux aussi, renchérit Jeanne.

— Sorcellerie, traître, répète Bianca.

— Regarde-le. (Jeanne me désigne d'un mouvement du menton.) Maintenant il est amoureux de son lézard rouge. Un suppôt de Phusis. Il pactise avec l'ennemi alors que la guerre gronde. Ouuuuuuh, siffle-t-elle en m'envoyant un fémur de poulet au visage. Traître !

— Le lézard rouge a un nom, dit Bianca. Il s'appelle Lucy.

En signe de paix, Jeanne me tend un morceau de viande, que j'attrape entre trois doigts, index, pouce, majeur, puis, par automatisme, je les lève en direction du ciel en psalmodiant : « *An Edjh Dlia omu Yahu Anu Boknu.* » « Je suis avec les hommes et les dieux mes protecteurs. »

Trois fois de suite, je récite ma prière avant de m'apercevoir que les filles me regardent en louchant.

— Les chamans t'ont bien détraqué le cerveau, se marre Jeanne.

Je joue avec une brindille pour éviter leurs regards.

— Ouais. Mon père y est pour beaucoup.

Jeanne enfonce son majeur et son index dans sa bouche en faisant mine de vomir, puis elle pioche un nouveau morceau de viande qu'elle balance dans l'enclos des crocos. Ensuite, en rigolant, elle se tourne vers sa sœur.

— Alors ? Pourquoi Lucy ? Pourquoi pas Ève ? Ou Olympe ? C'est cool, Olympe.

Je nous observe tous les trois. Couverts de sueur, de terre, de fumier et de copeaux de bois calcinés.

J'attrape une bière et j'imagine l'avenir avec leurs voix en fond sonore et le soleil qui me brûle les joues. Ça me plaît. Je crois que je souris. Bianca s'étrangle.

— Olympe ? Ça sort d'où ça, Olympe ? C'est dégueulasse comme nom !

J'avale une grande goulée et rêve au béton qu'il faudra couler. Aux clôtures qu'il faudra sceller. Aux nouveaux enclos, lisses, pour faciliter le nettoyage, pour permettre des rotations et garder les jeunes à l'écart, le temps de les engraisser. Pour les abattre quand ils feront le bon poids et les vendre à bon prix. Je pense à l'eau. Au bras du delta qu'on pourrait détourner pour alimenter les piscines.

Sans m'en rendre compte, un os de poulet coincé contre la joue, je dis :

— Il faut qu'on trouve du béton.

La pluie pilonne la cour. Tout est flou. Des bulles de lumière électrique explosent devant les rétines de Yao. Puis le monde redevient net. Face à lui, sous l'appentis voisin, un coq s'épouille, perché sur une hache enfoncée dans un billot. Des projections de sang séché ternissent la lame et le bois du manche. L'oiseau tend son cou. Il chante. Yao ouvre la bouche. Ses dents percent l'air. Ses ongles grattent le sol. Il feule et la salive s'accumule autour de ses gencives. Il grogne et se débat. Quelque chose mord la paroi de son estomac. Ses jambes et ses bras s'agitent tout seul. Il bouge. Se lève. Il quitte le hangar. La pluie éclabousse son visage. Ses pieds s'enfoncent dans la pellicule d'eau qui recouvre la terre. Il regarde le ciel.

La voix de Yaël l'extirpe de son rêve.

— Faut y aller.

Il ouvre les yeux. Dehors, l'averse n'en finit pas. Il n'a pas bougé. Il est toujours assis dans la paille, au milieu de la grange, attaché au poteau de métal. À quelques mètres de là, sur la droite, adossée au pick-up, Yaël le toise. Zaïn dort encore, étendu sur le dos, une main glissée derrière la tête et l'autre recroquevillée sur son arme. Du bout du pied, Yaël secoue sa botte pour le réveiller.

— Faut y aller, elle répète.

Les paupières à demi ouvertes, Zaïn bafouille :

— OK, OK, on s'en va.

Après s'être étiré, il se redresse. Une fois son sac sanglé contre son dos, il fouille ses poches à la recherche d'un comprimé de benzédrine.

— J'espère que ça t'aidera à marcher, dit-il.

Yao avale le cachet sous les yeux de Zaïn, qui, déjà, le détache du poteau et lui noue les mains dans le dos. Ensuite, il le relève et lui entrave la gueule à l'aide d'une corde qu'il serre sur sa nuque.

— Job, on y va.

À son tour, le chien se lève et s'ébroue. Et tous trois se mettent en route. Malgré la benzédrine, Yao peine à tenir debout. De toute façon, au-delà des murs, les Z guettent. Affamés.

Après un pas en direction du déluge, Zaïn se retourne vers Yaël.

— Vous êtes certaine de ne pas vouloir venir ?

Elle fait non de la tête. Zaïn pousse Yao. Il dit :

— Je comprends.

Et ils s'enfoncent sous la pluie. La boue trempe

leurs pieds. L'eau cogne. Les oreilles rabattues sur les tempes, Job courbe l'échine. Yao marche mal. Ses pieds s'embourbent et il trébuche dans les flaques. Ses jambes sont molles. Il peine à respirer à cause du mors qui écartèle ses mâchoires et de Zaïn qui le tient serré.

Péniblement, ils traversent la cour et s'abritent sous le porche. La pluie martèle le monde. De sa main libre, Zaïn relève le loquet, quand Job se met à aboyer : à travers le déluge résonne un bruit de moteur. Job dresse le museau et l'oreille. Yao essaie de tourner la tête mais Zaïn maintient la corde serrée. Il tire même dessus pour faire face au pick-up qui s'arrête à quelques mètres d'eux. Yaël en descend, indifférente au déluge.

— Vous reviendrez ? crie-t-elle pour couvrir le bruit de l'eau. Quand vous aurez trouvé le remède ? Vous reviendrez ? Pour mon mari ? Mon père ? Pour mes filles ?

Zaïn hoche la tête, puis baisse les yeux sur les cercles que la pluie dessine dans les flaques.

— Promis.

Yaël serre le trousseau dans sa main.

— C'est pas un monde pour des enfants. Mince, c'est un monde pour personne, lâche-t-elle, en observant Yao et Zaïn à tour de rôle.

Puis, du bout des doigts, elle tend les clefs à Zaïn, qui les saisit sans attendre.

Job s'enroule sur le siège passager. Zaïn entraîne son père vers la benne, où il l'assoit et le sangle contre la cloison de la cabine. Après quoi, il s'installe derrière le volant et lance :

— Faites attention à vous.

C'est au tour de Yaël de hocher la tête.

— Vous en faites pas. J'ai survécu jusque-là. À deux heures de route d'ici, il y a une petite station-service, Carl Pétrole et fils. Je vous conseille de faire le plein là-bas avant de rejoindre la plaine. En bas, ça a dû être la guerre. Il ne doit plus rester grand-chose. Une fois à la station, il vous faudra trois ou quatre heures pour rejoindre Asram.

À la maison, les insectes pullulent. Des carcasses pourrissent entourées de rouille et de fleurs de mélisse. Un coyote lèche le crâne ouvert d'un caïman. Une mince couche de viande grise tapisse encore le pourtour des globes oculaires et l'articulation de la colonne vertébrale.

Des lianes verdâtres dégoulinent depuis les cimes du saule qui trône dans la cour, espèces invasives, et, au travers, les mobiles vaudous abîmés par le temps et les saisons tintent sous la brise, n'éloignant plus que le silence.

Mon père est affalé sous l'arbre, dans son fauteuil, ivre mort et encerclé de bougies. À ses pieds, des canettes roulent dans la poussière. Ses paupières sont closes. Ses mains sont accrochées aux accoudoirs. Son visage est contracté en un rictus de souffrance. Sur ses genoux, des côtes de croco à demi rongées attirent les frelons et les guêpes.

Il a broyé les os, mais il n'a pas eu la force d'emporter les sacs dans le garage, alors je les soulève un à un et les range à l'abri de l'humidité. Cette année, les marais sont hauts et, la nuit, les nappes de brouillard rongent les terres. Les lézards et les rats grouillent. Les nénuphars sont si nombreux qu'ils colonisent jusqu'aux arbres.

— La lune monte, fait mon père, sans ouvrir les yeux ni desserrer les dents. Il faut aller glaner les crocs et balancer ces saloperies de carcasses. On va finir par choper des maladies.

Je baisse la tête.

— Je m'en occupe.

— Le chaman Millan veut des caïmans. Des jeunes, tout juste sortis de l'œuf. Une dizaine.

— OK.

— Il les veut demain.

— OK.

Et, sans bouger davantage, il dit :

— Il y a ma poche à changer.

Je largue le dernier sac dans le hangar. Cogne mes paumes l'une contre l'autre. La poussière d'os s'envole. J'essuie mes mains contre mon pantalon et sur le devant de mon maillot. Je les inspecte rapidement, puis enjambe le cercle de bougies qui se consume autour du fauteuil. Une cigarette de Mô pendue aux lèvres, mon père soulève son t-shirt. La fumée lui pique les yeux.

— J'ai pas la journée.

La poche est crasseuse, gonflée de gaz et d'excréments. Je l'attrape d'une main, dévisse la valve. Je tire dessus pour la décrocher. Le ressac de merde liquide déborde un peu, s'épanche sur le pantalon du Kaiju, qui s'énerve en raclant la tache avec le tranchant de sa main.

— Putain de bon à rien.

Je le laisse râler. Je l'écoute à peine, je vide le contenu de la poche dans le marais, tandis qu'il ricane dans mon dos.

— Admirez le nouveau chasseur de sauriens ! » Il applaudit à tout rompre.

— Hourra pour le fils du Kaiju !

Je retourne auprès de lui sans un mot. Je remets le sac en place. La cupule claque en se verrouillant autour de l'orifice ; mon père m'attrape le poignet, me renifle et dit :

— Alors ce qu'ils racontent est vrai ?

J'entrouvre la bouche et tourne la tête dans sa direction, sans réussir à le regarder.

— Tu empestes la merde de croco, ajoute-t-il. Il se raconte partout en ville que tu en élèves. C'est donc vrai ? Tu les nourris ? Tu les soignes comme tes enfants ? Putain, tu me faisais déjà honte en n'étant pas foutu de devenir un Kaiju, mais là, tu vas au-delà de tout ce que j'ai pu imaginer. Sale petit connard égoïste.

Il marque une pause pour reprendre son souffle et continue sur le même ton.

— La guerre est partout, les télévisions ne parlent que de ça. Phusis progresse de jour en jour. Elle envoie des pandémies. Des ouragans ! Elle m'a réduit à l'état de légume, à peine plus utile qu'une pierre, et toi tu nourris ses soldats ? Tu les fais se reproduire ? Et tu appelles ça le ranch Kepler ! (Il se racle la gorge et crache par terre.) C'est ma dynastie que tu salis !

C'est aussi la mienne. Je ne dis rien. Discuter est vain.

— L'ordre des Kaijus disparaîtra donc avec moi…

Un éclair de chaleur éclate au-dessus du désert, je me dégage d'un mouvement du bras. Un long moment, je le laisse me jauger avant de me détourner de lui. Nos vies se frottent l'une à l'autre comme des plaques tectoniques. Quelque chose est cassé. Et je peine à me souvenir des raisons qui m'ont fait l'admirer. Ne reste plus que le lien naturel qui nous entrave l'un à l'autre. Je demeure, et pour toujours, son fils.

Je m'éloigne.

Il gueule :

— La place des animaux vivants n'est pas auprès des hommes ! Notre rôle c'est de les tuer ! C'est pas plus compliqué que ça. Les élever c'est prendre le risque de les améliorer. De les rendre intelligents. De les rendre plus forts. Tu dois juste les tuer, mais ça non plus tu n'en es pas capable. Tu n'en as jamais été capable. On murmure même que tu possèdes un lézard aux reflets rouges. Une femelle.

Je pose ma langue sur ma lèvre. Ma salive fait un bruit épouvantable en passant dans ma gorge.

— J'en étais sûr, raille-t-il. Tu n'as pas pu la tuer et tu l'as gardée ! Tu es faible. Une proie ! Misérable.

Il tire sur sa clope, laisse la Mô s'infuser dans son cerveau, puis pose son menton sur son torse et marmonne :

— À passer autant de temps auprès d'elle, tu finiras comme ta mère. Un traître baragouinant un charabia incompréhensible. Incapable de *bouger* correctement.

Il se tait. Son silence s'ajoute au silence et obstrue l'air à m'en faire suffoquer.

Un pétale de nénuphar dérive doucement sur le courant vert. Je le suis des yeux. À la recherche d'une issue. Une mouche se pose dessus, se laisse porter un instant, puis s'envole, vibrionnante, à travers la ripisylve tachée de lumière.

— Les gardiens du temple ne te laisseront pas faire, grince mon père. Ils vont brûler tes crocos et ils vont te pendre ! Je suis sûr que ces deux filles t'ont mis ces trucs dans la tête. Domestiquer des sauriens ? Et pourquoi pas des plantes ? Connasses hystériques ! Elles sont toutes à sa solde. Incapables de lui résister. Sales putes ! Comment veux-tu qu'on gagne la guerre avec ça ?

La mouche zigzague entre les branches sans voir la toile qu'une araignée à tête plate a tendue là. La bestiole s'englue dans la soie. Je ne tiens plus. J'éclate.

— Sors de tes marais, putain de péquenaud ! Les Kaijus sont des pantins ! Les chamans se servent de nous. Les dieux sont une invention. Il n'y a rien. Personne. Nous sommes tous seuls. La guerre ? Il n'y a pas de guerre, pour la simple et bonne raison que nous n'avons pas d'ennemi. NOUS SOMMES SEULS !

Agile sur sa toile, l'araignée tricote un sarcophage de fil. Je pense : *Je suis seul car tu m'as abandonné.* Mon père ne cille pas. Et sa voix se mue en lame lorsqu'il murmure :

— Dégage… Dégage ! rugit-il. Hors de ma vue !

Partout des zombies galopent et hurlent.
Partout la pluie s’abat.

Les bombardiers d'eau ont tourné toute la nuit. À présent, une large colonne de fumée brune s'élève dans le ciel délavé de soleil. Le vent apporte avec lui des parfums de bois brûlé et de mousse retardante. Patiemment il ravive les flammes. Allume des feux zombies, qui font danser dans l'air des braises aux reflets rubis. Mais je n'y prête pas attention. Baignée d'une lumière ocre, Bianca *bouge* en me tenant la main. Mon bras autour de sa taille, elle enfonce ses pieds nus dans le sable grisé par la cendre. Son buste s'élance. Le dos reste droit. Je dis :

— L'arc de cercle avec la pointe de ton pied, il doit être plus grand. Bien plus grand. Ça définit ton espace. Cette zone t'appartient. Et plus cette zone d'influence est grande, plus tu inspires le respect et la peur. Plus tu es puissante.

Alors, du bout du pied, Bianca circonscrit un large périmètre. Elle fléchit le genou. Ramène la jambe.

Elle donne une impulsion. La plante de son pied s'enroule, son corps bascule. Des mottes de sable chargées de sédiments cassent autour de son talon. D'autres restent agglomérées en blocs compacts. Je dis :

— Parfait ! Relève le menton maintenant. Haut. Regarde loin. Vois ton avenir. Contemple ta splendeur.

Elle éclate de rire, perd l'équilibre et me colle un coup de coude dans les côtes.

— Contemple ta splendeur… T'es con, putain.

Puis elle s'éloigne de moi. Se concentre. Expire, puis récite un poème de la baie pour retrouver son calme.

« Toi aussi tu t'en iras marcher entre les cyclones. (D'abord le pied, loin vers l'avant, la pointe tendue.) Toi aussi tu t'assiéras sur les marches qui mènent au trône. Enfant perdu entre deux âges. Enfant terrible parmi les sages. (Ensuite le buste, et le regard qui porte par-delà l'horizon.) Chuchote dans l'air froid. Cours, va, mais reviens toujours près de moi. »

Et puis, le talon martèle le sol, se déroule la voûte du pied jusqu'aux orteils souples. Et les bras balancent à contretemps. Elle *bouge*. Puis sa voix, comme un métronome, scande, convaincue : « Ondule Fluide Sans peur Ne sois pas proie Mais prédatrice. »

Un souvenir me revient. Semblable à un crocodile nageant contre le courant du temps. J'ai dix ans. Mon père remonte le marais, le pantalon troussé jusqu'aux genoux et une canne de bambou entre les mains. Je suis sur la rive d'en face. Je *bouge*, le palude jusqu'aux cuisses et les muscles tétanisés par l'effort. Mais je ne dis rien. J'avance. *Fluide*. Mon couteau à la main. Car c'est à ce prix qu'on devient Kaiju. Et ce jour-là je dois tuer pour la première fois. Depuis plusieurs heures, je traque un caïman. Un mâle de deux mètres. Il vient de s'arrêter sur une berge. Je récite la litanie des chasseurs, avec la même conviction que Bianca à l'instant. J'avance à pas chassés. Je suis prêt. Ma lame passe sous la gorge, les yeux de la bestiole pivotent et mon visage se reflète, oblique, sur sa cornée. Je ne l'ai pas tué, ce jour-là. Mon père l'a abattu d'une balle dans la tempe.

Bianca est loin lorsque je relève la tête. Je la rejoins. Je l'encourage en criant :

— C'est parfait !

Elle est immobile, son regard est posé sur la ligne d'horizon, le long de laquelle roule une colonne de pompiers. Les gyrophares pulsent une lumière bleue. Elle dit :

— Le delta est sec sur plus de quatre cents kilomètres. Hier, ils ont dû évacuer une banlieue au nord de Reta. Un incendie qu'ils peinent à maîtriser. À ce rythme-là, on sera bientôt les seuls à avoir des crocos.

Elle se frotte les mains. Puis, en équilibre sur une jambe, l'autre tendue en l'air derrière elle, elle se penche pour ramasser un caillou aux reflets roses. Elle ramène son pied sur le sable. Elle courbe le dos pour observer la pierre qu'elle tient, blottie dans le creux de sa main. La cicatrice sur son bras brille comme des éclats de feldspath.

— Là d'où je viens, dit-elle, cette roche s'appelle Yao. Comme toi. Et on dit qu'elle attire le regard des dieux afin qu'ils compatissent aux tourments de son porteur et l'aident. Mais on dit aussi, que, cherchant à s'accaparer la sympathie des dieux, les porteurs de Yao seront rejetés par les autres hommes.

Alors elle prend un pas d'élan et jette la pierre en direction de l'océan. Le caillou plane dans le ciel bleu et disparaît dans l'eau. Bianca se colle contre moi. Pose sa main sur mon ventre et demande :

— De toute façon, qui voudrait du regard d'un dieu posé sur soi en permanence ?

Elle est la plus belle chose que je connaisse. Ni l'océan, ni les aurores boréales, ni les montagnes, ni les oiseaux ne rivalisent. Une nouvelle bourrasque ravive l'odeur de brûlé qui flotte dans l'air depuis la veille. Mais rien n'y fait, Bianca illumine mon monde. Elle est l'avenir, le soleil. Je l'admire. Je l'aime. Je l'embrasse sur la joue.

Elle passe sa main sur mon entrejambe.

— Est-ce que tu m'emmèneras chasser ? Est-ce que tu feras de moi ta Kaijue ?

Il pleut sans cesse. Des veines bleues éclatent sur les mains et les joues de Yaoru. Les sangles cisaillent sa peau chaque fois qu'il gonfle la poitrine. Son estomac brûle. Il agonise. Pourtant, un rayon de soleil perce les nuages, caresse son front et il sourit.

Chapitre III

Demi-dieu, fils de lézard

Sa chemise passe par-dessus sa tête. J'effleure sa peau. Caresse. Chavire. Tire sur le tissu. Et sa peau de nouveau électrise jusqu'à mes os. Les dents de métal descendent, l'une à la suite de l'autre. Elle rit. Ma bouche contourne son nombril. Fouille. Elle rit plus fort. Son jean rejoint le sol. Le jour n'est pas encore levé. La lumière est mauve.

Et mes lèvres ouvrent ses jambes jusqu'à leur commissure. Le velours de sa vulve. Ma langue et mes crocs mordent sucent et lèchent. Tètent quand elle coule sur mon visage. Embrassent les phéromones. Houlent. Goûtent le sel. Avalent quand la voûte de ses pieds enlace mon dos. Suivent les grains de beauté qui constellent sa peau et mes doigts qui s'enfoncent sous ses fesses. Remontent. Suivent la courbe rose. Soufflent ensuite. Inspirent ensemble. Comme deux corps dans un corps.

— Putain encore !

Je dépose des baisers dans le creux de ses cuisses. Plein d'elle dans ma gorge et mes poumons. Plein d'elle dans mes bras. Plein d'elle. Bianca.

Elle dit : « Oh ! » Elle gémit : « Oui », et puis :

— Viens.

Alors son ventre blanc. Son sexe enveloppe le mien. Alors ses cheveux caressent mes joues. Elle se cambre. Alors son dos. Mes paumes glissent dans les siennes. Mes mains s'accrochent à ses épaules. Son cou. Sa nuque. Ses jambes se mélangent aux miennes. Je susurre son nom. « Bianca ». Je jouis, m'enfouis sous mes rêves et m'endors.

Je me réveille dans le lit froid. Seul. Dehors les vagues hantent l'obscurité en roulant sur le sable. Le parquet grince dans la pièce voisine et le temps reprend sa musique. Faite d'échos et de silences.

Je me lève. Traverse la maison. M'arrête sur le seuil de la baie vitrée. Dans le ciel, les feux de navigation des Canadair s'agitent dans la nuit comme un essaim de lucioles mécaniques. Bianca me tourne le dos, elle contemple la nuit et l'océan noir en fredonnant. « *People with blurry eyes wander*... » Sans bruit, je passe la porte-fenêtre. « *the streets like zombies*... ». Je m'appuie contre le mur de planches et chantonne après elle : « *Lost in the fallen kingdom, tracing the road back home*... » Surprise, elle se retourne, sourit en me voyant, puis tend les mains vers moi.

— Elles sont nées tout à l'heure.

Mon cœur hoquette, dans ses paumes paressent deux lézards aux écailles vertes veinées de rouge. Je me rapproche et embrasse Bianca sur le front. Elle dit :

— Je te présente Michonne et Andrea. Les premières descendantes de la lignée Kepler. Les lézards rouges.

Je les attrape. Leurs griffes frêles accrochent ma peau. Leurs mâchoires pincent autour des jointures. Leurs écailles s'imbriquent, régulières.

Je les ausculte un long moment avant de rentrer les poser dans le terrarium installé sur le sol du salon. Puis je m'accroupis. Et m'assois finalement dans la poussière pour les observer à travers la vitre. Immobiles d'abord, au milieu des galets, des branches et des feuilles mortes. Cillant à peine sous la lumière rousse des résistances. Puis, lentement, la plus petite lève une patte. Elle laisse sa tête pivoter et ses yeux chercher un couvert. Son pouls bat sous sa carapace. Dans le bayou, les crocs ou la lame pénétreraient à cet endroit presque délicat de la carotide. À cet endroit du cuir dont on fait des gants. Je me redresse et, instinctivement, les deux lézards se camouflent sous des débris de fougères et de mousse.

Dans la pièce du fond, Jeanne parle en dormant. Parfois, il me semble qu'elle rit. Les filles squattent cette baraque depuis qu'elles ont quitté la baie. Une maison de famille que personne n'a prise en héritage malgré la vue sur l'océan. À cause du toit qui fuit, des termites et de la peinture au plomb sans doute. Les toilettes sans cuvette. La charpente qui craque. Les toiles d'araignée partout. La croûte de sable qui couvre le parquet de pin. Les meubles et les gouttières qui ont été pillés. Certaines fenêtres de l'étage ont été démontées. Dans la chambre du haut, un graffiti sur une cloison annonce que « SEULS LES MORTS VERRONT LA FIN DE LA GUERRE ». Dessous, une étoile dans un cercle et la marque des hérétiques sont gravés au couteau.

Malgré tout, je m'y sens bien. Presque chez moi. Ça ressemble à une maison. Jeanne et Bianca m'apprennent à vivre sans les dieux. Je leur enseigne comment *bouger*. Je cuisine. Elles rient en racontant des conneries sur la religion et sur des types de la télé que je ne connais pas. Elles se moquent des chamans en faisant des gestes obscènes. J'écoute, choqué la plupart du temps, mais je n'en montre rien.

Un vestige de rideau entre dans la pièce à la faveur d'un courant d'air. Bianca est restée dehors, appuyée sur la balustrade de bois humide, les poignets croisés au-dessus du vide. Sa voix semble un murmure à travers les vagues. « *They can't find a way out and they struggle to break out of the trap...* » Je m'apprête à la rejoindre quand la lumière des couveuses attire mon regard. Alors je jette un œil par les hublots de contrôle. Les œufs sont alignés à l'intérieur. Cent cinquante coquilles irradiées de photons orange fluo. Je m'approche. Le halo me macule le visage. Je perçois les cris des petits décrocher dans les aigus. Ils appellent leur mère. La préviennent de leur naissance imminente.

— Tout va bien. Tout va bien. Je suis là.

Tout en écoutant les crocos chanter, je vérifie les thermomètres des incubateurs. Trente-deux degrés cinq pour les mâles. Trente-six pour les femelles. La température détermine le sexe. Je règle le potentiomètre de la première machine à la hausse avant de sortir retrouver Bianca.

Trois mois maintenant que les femelles ont pondu. Trois mois qu'on a déterré les œufs et qu'on les choie, passant notre temps à corriger les thermostats défectueux des couveuses, à contrôler l'hygrométrie, la luminosité. Jusqu'à l'éclosion. Imminente.

Je passe la porte.

Dehors, l'incendie qui ravage les marais empêche les ténèbres. Et les comètes, comme les étoiles, brillent sans éclat dans le ciel fauve. À nouveau, Bianca me tourne le dos pour faire face à la mer, appuyée contre la balustrade. Je l'enlace, me colle à elle, caresse le Z qui boursoufle son épaule et dis :

— Tu vas prendre froid. Viens te coucher.

Depuis qu'ils ont quitté la ferme, Zaïn conduit sous des trombes d'eau. Du plat de la main, il essuie les vitres couvertes de buée. La route est à peine perceptible. Et la pluie si glaciale qu'elle donnerait la fièvre.

À l'arrière, Yao grelotte. Sa tête tangue au rythme des aspérités et des nids-de-poule. Une salive visqueuse file depuis sa gueule ouverte. Dix centimètres d'eau recouvrent le fond de la benne où il est assis. Autour, les torrents et les cascades font un boucan d'enfer. Pourtant une voix perce le déluge.

— Ohé ! Arrête-toi, l'ami. Arrête-toi !

Zaïn lève le pied et la voiture roule sur quelques mètres avant de s'immobiliser. Le moteur tourne au ralenti. Les essuie-glaces fonctionnent à plein régime. Les pattes posées sur le tableau de bord, Job gronde. Zaïn le calme d'une caresse, puis cogne son ongle contre la vitre qui le sépare de son père.

— Ne bouge pas.

L'eau brouille l'ouïe et la vue. Elle engourdit les sens. De nouveau, la voix déchire le crépitement des goutte.

— Nom de Dieu de merde ! J'en croyais pas mes oreilles. Putain, c'est vrai, je pensais même plus voir quelqu'un de vivant. À part des Z et des loups, on croise pas grand monde dans le coin. Tu peux me croire ! Je t'assure, ça fait des jours que je patauge tout seul dans cette purée de pois. Une vraie saloperie. Putain de bordel de merde, ce que je suis content de rencontrer quelqu'un. Je veux dire un vrai mec bien vivant. Et dans une bagnole qui plus est.

Le regard posé à travers le kaléidoscope de gouttes du pare-brise, Zaïn observe le type. Il est debout sur le bas-côté à une dizaine de mètres, il a de la flotte jusqu'aux mollets et le haut du visage dissimulé derrière un rideau de pluie qui coule depuis sa capuche. Il a un bâton dans la main et un petit paquetage sur le dos. Sans arrêter de jacasser, il esquisse un pas en direction du pick-up.

— Eh ! cette bagnole… (Il siffle entre ses dents tout en se déportant vers le milieu de la route.) C'est quelque chose. Ça passe partout un truc comme ça. C'est bien d'avoir ce genre de caisse par les temps qui courent.

Zaïn presse la pédale d'embrayage, passe la vitesse et reprend sa route en faisant signe au marcheur de s'écarter. Mais l'autre ne bouge pas.

— Non non non, t'en va pas comme ça ! beugle-t-il

tout à coup avant de faire basculer sa capuche contre sa nuque et d'écarter les bras.

Job aboie. Zaïn passe sa main sur son museau. Le chien couine. Quelque chose déconne. Le type parle trop, trop fort et trop vite. C'est un appât. Bientôt, sortis de nulle part, deux gars s'approchent de la cabine. Un de chaque côté et armés de tuyaux de plomb. Celui de gauche ouvre la portière côté conducteur, saisit Zaïn par le col et l'arrache de son siège.

— Dégage !

Des trombes d'eau se déversent. Des gouttes grosses comme des balles de golf redoublent de violence quand Zaïn s'affale dans la flotte. Les types ricanent. Zaïn se redresse, s'assoit dans l'eau, enroule ses bras autour de ses genoux et dit :

— Ne faites pas ça.

Il dit :

— Emmenez-moi.

Il dit :

— S'il vous plaît.

Il ajoute :

— Il y a un endroit : Asram.

Installé derrière le volant, le mec se marre de plus belle.

— Ouais. Un paradis à ce qu'il paraît. C'est là qu'on va.

Pendant ce temps, de l'autre côté de la bagnole, le

second type a flanqué Job dehors pour grimper dans l'habitacle sec et chaud.

Les portières claquent. La voiture fait quelques mètres et s'arrête pour récupérer le troisième homme, qui prend place derrière le volant.

Les mains posées sur le sommet du crâne, Zaïn jette un œil impuissant à son père qui s'éloigne. Job s'ébroue.

La voiture avance. Zaïn attrape son arme, la pointe sur le pick-up, vise, mais renonce avant de se mettre à gueuler :

— Enfoirés de fils de sauriens !

Le type au volant klaxonne, tend son bras par la vitre, le majeur dressé. Affalés sur les sièges passagers, les deux autres se tordent de rire.

La voiture disparaît. À l'arrière, Yaoru murmure :

— Adieu, mon fils.

Sans prières, on a coulé des litres de béton à la lisière du désert ; là où débute le marais, là où le delta de la Bez n'est pas encore tari. Sans l'aide des dieux, on a monté des murs hauts de plusieurs mètres. À la force de nos bras, on a dressé des miradors et des postes d'observation reliés entre eux par un chemin de ronde en acier. Aujourd'hui, dix enclos se font face. Alimentés en leur centre par des bassins d'eau verte.

Deux cents sauriens.

Plus que je n'en ai jamais vu.

Plus que mon père n'en a jamais vu.

Plus qu'aucun Kaiju n'en a jamais vu.

Bien plus que Phusis elle-même n'en a jamais créé.

Mes lézards.

Ce matin, le ciment rayonne de la fraîcheur de la nuit. Le vrombissement des insectes n'a pas encore débuté, les seuls bruits sont ceux des écailles et des bombes aérosols de manifestants qui taguent les enceintes de la ferme. TRAÎTRES, TUEURS DE DIEUX, PARASITES, c'est ainsi qu'ils nous nomment.

Ils nous détestent, et ils ont raison sur un point. Nous tuons les dieux. Nous les rendons obsolètes. Nous ouvrons notre propre voie. Nous interrogeons l'univers avec nos yeux. L'écoutons avec nos oreilles. Le comprenons avec nos mots. Et le construisons de nos mains.

J'ai vingt ans et ce monde de ciment et de sauriens est le mien. Et bientôt le tien.

J'entre dans l'enclos numéro six, Jeanne est déjà là. Appuyée contre le transpalette qu'on utilise pour déplacer les cages, elle boit un café et mange un sandwich aux œufs de caïman frits. Dans la cabine, la radio ressasse une rediffusion d'*Apocalypse Now*, une émission populaire du Rauc. La présentatrice susurre : « Bonsoir à vous tous qui êtes encore parmi nous. Ici, c'est June Savedjh pour *Apocalypse Now*. Aujourd'hui, je reçois le chaman Magnus Millan Krang… » Millan Krang salue l'auditoire d'un bonjour sirupeux.

Des flammes crépitent dans le brasero, où chauffe le fer à marquer. Jeanne fait quelques pas dans sa direction pour attiser les flammes avec une branche. D'un mouvement de tête, je désigne les murs qui ceignent les bassins.

— Tu crois qu'un jour ils se lasseront ? Les types là-dehors, tu crois qu'un jour ils comprendront ?

Elle mord dans son sandwich, mastique, avale, essuie

ses lèvres dans le col de son débardeur et hausse les épaules.

— Quand ils achèteront de la poudre d'os à moitié prix et qu'ils se goinfreront de viande de croco matin, midi et soir, je pense qu'ils comprendront que l'avenir passe par la domestication. Et que les dieux, comme les chamans, sont des cons !

J'écrase une escarbille qui vient d'atterrir entre mes pieds en souriant.

— La Tahat tous les jours…

— Exactement. De la bouffe inépuisable. Tout le temps et sans effort.

Elle agite son index sous son nez, commence une phrase, puis se ravise, car dans le poste de radio la voix du chaman Millan dit : « La révolution saurienne qui s'amorce est une bénédiction. C'est une mutation sans… »

La présentatrice l'interrompt :

« Alors vous n'êtes plus opposés à la domestication des animaux sauvages ?

— Pas exactement. Le monde change et nous changeons avec lui. Nous nous adaptons, c'est ce que nous avons toujours fait.

— Expliquez-nous ça.

— Toute innovation, toute initiative qui peut nous aider à gagner cette guerre est bonne à prendre. Nous avons besoin de sang pour maintenir nos enchantements. Et l'arrivée du sang bon marché issu du ranch

Kepler est une bonne chose dans notre lutte contre Phusis. Cela nous permet aussi de développer une nouvelle génération de dieux. Basée sur l'intelligence art…

— Si vous le voulez bien, ne nous égarons pas et revenons au ranch Kepler.

Millan grommèle un court moment, avant de reprendre le fil de son exposé.

« Les animaux qui peuplent aujourd'hui la ferme Kepler sont, pour la grande majorité, nés en captivité. Ils ne sont donc pas naturels. Il n'y a dans ce cas aucun problème à élever des bêtes n'ayant connu que le confort de la civilisation.

— C'est de la rhétorique.

— Je ne crois pas, c'est un langage de vérité. Nous avons longtemps pensé que nous devions la détruire. Mais une autre voie semble possible : l'asservissement. Dompter, tout en continuant à traquer et à décimer toute sauvagerie. Les deux ne sont pas incompatibles, au contraire. »

June approuve d'un grognement, avant de se lancer dans un long raisonnement.

« Arrêtez-moi si je me trompe, mais si l'on peut dompter la nature, c'est que l'homme est plus fort qu'elle. C'est que Phusis a fait son temps. C'est le principe même de la sélection naturelle. À présent, nous occupons la niche écologique que la nature occupait avant nous. La superespèce qu'est l'être humain remplace la superespèce qu'est la nature. C'est un combat de titans que nous venons de remporter. Nous avons gagné ! Et ce n'est pas une trêve ou un cessez-le-feu, c'est une victoire par KO ! Plus besoin de prier. Plus besoin de dieux ni de Kaijus. »

Elle s'enthousiasme et poursuit, en parlant de plus en plus vite :

« Pour le dire très trivialement, est-ce qu'en autorisant le ranch Kepler à élever des sauriens, vous ne vous tirez pas une balle dans le pied ?

— Vous allez un peu vite. La guerre est loin d'être terminée. Dois-je vous rappeler que Phusis continue d'assécher les marais ? Que la pourriture annihile nos récoltes ? Croyez-moi, plus que jamais, nous avons besoin des dieux et des chamans. La culture de sauriens est une nouvelle étape sur le chemin qui nous mènera à la victoire rien de plus. Il ne faut surtout pas baisser les bras. Pas maintenant. »

Jeanne coupe la radio.

— J'aime bien cette émission, mais June parle toujours trop. Elle change d'avis constamment. Un jour elle est pour les chamans, le lendemain elle leur chie dessus.

— Il n'empêche que les choses sont en train d'évoluer.

Le café bouillonne à l'intérieur d'une petite casserole posée sur le rebord du brasero. Je me sers une tasse, souffle dessus pour le faire refroidir. Un lézard remue dans sa cage. Je demande :

— Tu vas y arriver ?

Je bois une gorgée. Âcre sur ma langue. Jeanne se frotte les mains puis les poste au-dessus des flammes, en fanfaronnant.

— C'est pas une tonne de pression sous chaque dent qui va me faire peur. Et puis Bianca y arrive. Pourquoi pas moi ?

— Elle sait *bouger*.

Elle proteste :

— Elle *bouge* plus beaucoup. Et puis je m'entraîne, figure-toi. Et je connais la litanie.

— OK. OK. On fait la race à viande ce matin. On pèse, on marque, on soigne et on trie. Cet après-midi on fera le cuir.

D'une bouchée, elle engloutit la fin de son sandwich, termine son café, dépose la tasse sur le fauteuil du transpalette et, la bouche encore pleine, elle bâfre « Ondule Fluide », tout en décrochant le lasso de capture qui pend à sa ceinture. Ensuite, elle fait coulisser la trappe située sur le dessus de la première cage. À l'intérieur, le lézard s'agite, mais Jeanne parvient sans mal à lui glisser la corde à nœud coulant autour de la gueule. Elle serre le lien en s'arc-boutant, les pieds en appui sur les barreaux. Ouvre la porte arrière, attrape la bestiole par la queue pour la tirer en dehors de la caisse. Là elle l'examine, la pèse. Annonce :

— Une femelle. Cinquante kilos. RAS à propos de la peau ou des écailles. Et toi, ma grande, je vais t'appeler Maggie.

Puis, elle fait glisser Maggie sur le béton, où elle la place les pattes en l'air. Dos contre le sol. La bête se débat mais Jeanne la maintient en lui enfonçant son genou dans l'estomac. Je prépare une seringue de bacitracine et d'hormone de croissance, que j'injecte à la base de son cou. La bête s'ébroue. J'attrape le fer à marquer, néon rouge dans le petit matin, et le presse sur la patte avant droite. Un *R* et un *K* entrelacés, pour Ranch Kepler. L'odeur acide de la chair grillée nous remonte dans les narines. Le croco gronde. La brûlure se boursoufle sur les écailles, tandis que je trace, juste dessous, le numéro cent cinq avec la pointe d'un pyrograveur. Ensuite, j'aide Jeanne à remettre l'animal dans sa cage et dis :

— On garde. On voit comment ça évolue. Peut-être qu'on pourra la vendre comme génitrice Kepler. Dans dix ans…

Le travail à la ferme m'oblige à penser différemment. Je marque aujourd'hui des bêtes issues du croco qui a détruit mon père dans les marais de Nox. Huit ans plus tôt. Et dans dix ans, je vendrai cette femelle. Mes décisions d'aujourd'hui ont un impact sur demain. Et j'aime cette idée de ne plus vivre au jour le jour mais d'orienter mon destin.

Cage suivante et Jeanne annonce :

— Un mâle. Disons… (Elle pose son index devant sa bouche pour réfléchir.) Eugène. À peine trente kilos, mais la peau est saine et belle. Et puis il a l'air malin…

Injection. Marquage. Verdict :

— Ça part à l'engraissage. On en fera de la viande d'ici un an ou deux.

Je lui donne une seconde dose d'hormone pour qu'il atteigne rapidement un poids de vente valable, je lui enduis les gencives d'embonate de pyrantel, lui caresse le museau, et nous passons à une autre cage. Et cette fois Jeanne siffle :

— Encore un mâle. Déjà cent quarante kilos. Des écailles régulières. Negan bien sûr !

Je lève les yeux et découvre un énorme croco, à la peau brune, aux dorsales saillantes et aux reflets fauves.

— On garde. On met une option comme reproducteur. Je vais lui poser un cathéter. Il est en bonne santé, il s'en remettra.

— C'est parti ! fait Jeanne en se plaçant au-dessus de la cage, les jambes écartées et le fusil posé contre l'épaule. Elle ferme un œil, vise et tire. La fléchette d'anesthésiant se fiche dans la nuque de la bestiole. À voix haute, Jeanne compte jusqu'à trente et j'attends dix secondes supplémentaires avant d'introduire une aiguille de ponction dans le foramen. Là où les aortes sont poreuses. Le cœur ralentit à cause du tranquillisant que Jeanne vient de lui administrer, le sang froid remonte le long du tuyau pour couler jusque dans un jerrican déjà bruni d'hémoglobine oxydée.

Le croco baille sous l'effet du médicament. Il pousse de petits cris aigus. Entre ses dents se tortillent de minuscules limaces cochinéales, mais nous n'y prenons pas garde car Bianca apparaît sur la coursive. Elle avance à petits pas, agrippant la rambarde à pleine main. Le visage rond. Ruisselante d'une sueur épaisse sous les quarante degrés qui s'abattent maintenant sur le béton du ranch. Elle se tient le bas du dos, encombrée par son ventre qui grossit de jour en jour.

Le souffle court, elle lâche :

— Yao… Ton père… Il y a eu un problème

Au-dessus d'elle, le ciel est chauffé à blanc.

À gauche, une cascade gigantesque dégringole d'une falaise en un vacarme assourdissant. Partout la rivière déborde. Et le vent s'ajoute à la pluie.

Les vêtements de Yao sont imbibés de boue. Sa peau est imbibée de boue. Dans la cabine, les autres ne l'ont toujours pas vu, accaparés par la route et l'apocalypse qui s'y déverse. Bientôt dix kilomètres qu'ils roulent au pas. Le souffle tiède du chauffage rampe le long de la vitre pour refroidir dans le creux de son cou. Yao y pose sa joue. La chaleur est douce. Des éclats de voix lui parviennent. Il tend l'oreille. Il entend « femmes », il devine « saoul », il comprend.

— Freine !

La voiture pile et son crâne heurte la cabine. Des mots collent au fracas de l'eau :

— Qu'est-ce que c'est que ce truc ?

Les trois formes bougent à travers la lucarne. Agglomérats de couleurs dépolies par la buée qu'une manche de parka efface. Un à un, ils apparaissent. Bonnets usés jusqu'à la corde. Dents jaunes. Barbes hirsutes sur les joues grasses.

— Putain, c'est quoi ça ? demande celui du milieu.

— Je vais voir, fait le chauffeur en ouvrant la portière.

Le type sort, rabat sa capuche sur son front et referme la portière avant de venir poser ses avant-bras sur la ridelle de la benne. Yao tourne la tête pour le dévisager. Il a les mains jointes, les doigts enlacés comme pour prier. Et les clefs de contact comme chapelet. Mais ce n'est pas un psaume qui sort de sa bouche lorsqu'il demande :

— Qu'est-ce que tu fous là ?

Yao baisse les yeux et le type remarque les sangles qui l'entravent. L'homme écarte sa capuche puis s'égosille pour couvrir la fureur du torrent et être certain de se faire entendre :

— Alors t'en es un ? (Un mauvais sourire se répand sur son visage.) T'es une saloperie de Z, pas vrai ?

Yao redresse la tête. Il essaie de ne pas vomir. L'autre cogne les clefs de contact contre la vitre du côté du conducteur.

— Les gars, venez voir ça !

Un des mecs rapplique. L'autre reste au chaud. Quelques secondes plus tard, le chauffeur est accroupi dans la benne. Un genou dans la flotte, le visage tendu à quelques centimètres de celui de Yao et la lame d'un couteau posée sur sa gorge. Il dit :

— Si je te plante, là, maintenant, tu ne mourras pas. Mais tu ne vivras pas non plus. Tu seras en plein milieu. Pile poil au milieu. À mi-chemin entre la vie et la putain de mort. Mort ET vivant. L'éternité, mon pote, rien que ça.

Yao pense au purgatoire des chamans, quand le vent porte à ses narines une odeur familière. Ses yeux vont à droite puis à gauche et se posent finalement sur la ligne où commence la forêt. Il n'est pas seul. Ses semblables approchent. Yao distingue la vibration de l'air lorsque leurs dents crissent. Il devine leur présence dans les limbes du bois. Il sent leur souffle mêlé à l'oxygène qu'il inhale. Sa langue claque contre son palais. *Clac.* Penché sur lui, le type grince :

— Je vais t'arracher les membres un par un. Et ça sera long et douloureux.

Le métal mord la peau de Yaoru. Le sang tiède fume, ruissèle, goutte. Yao ne bouge pas. Il ne se débat même pas. À gauche, la cascade rugit. À droite, l'homme descendu du pick-up hurle, un Z lui brise les os et lui arrache le visage d'un coup de croc. Le type au couteau tourne la tête. Juste à temps pour voir un autre Z lui bondir dessus. Les pieds et les mains en avant, le monstre plaque le chauffeur contre le fond du pick-up où il lui ouvre le bide et se repaît de ses entrailles. Et la merde et le sang s'ajoutent à l'eau stagnant dans la benne.

Les morts se massent autour de Yao. Attirés par l'entaille qui suinte sur son front, ils se grappent autour de lui. Ils reniflent sa bouche, ses aisselles et son sexe. Ils vagissent sous son nez. Et font claquer leur langue contre leur palais, en un dialecte sourd, semblable à un chant. *Clac.* Puis, se dissolvent dans la lumière lépreuse des bois.

Le temps geint. Il semble solide et comme enchâssé dans la roche.

À l'intérieur de la bagnole, le troisième type répète : « Putain de merde putain de merde putain de merde… » Il a suivi l'attaque des monstres dans les rétroviseurs dégoulinants de pluie. Il a vu la flaque de sang grossir jusqu'à engloutir les clefs de la bagnole. De temps en temps, il pose sa main contre la poignée sans trouver le courage de l'actionner. « Putain de merde putain de merde putain de merde. »

La pluie tombe par intermittence maintenant. Un halo glauque embrasse le vallon. Suspendu à la lisière de l'humanité, Yao voit sans voir.

À ses pieds, le cadavre remue. Ses paupières s'ouvrent. Ses yeux sont blancs et ses bras s'agitent. Sa langue stridule contre son palais, bientôt rejointe par celle du type étendu sur la route. Puis par celle de Yao qui les écoute et leur répond. L'instinct. Et les morts se lèvent et marchent. Désarticulés, ils déambulent. Ils rôdent autour de la bagnole, attirés par l'odeur du dernier survivant. *Clac.*

Yao braille et glapit. Ses dents deviennent des crocs. *Clac.* Ses ongles des griffes. Il cherche à se lever, à rejoindre la meute. Mais les sangles tiennent bon. Il tire, se cambre. Les sangles arrachent sa peau et soudain tous ses muscles lâchent. Des amibes sombres nagent dans ses conjonctives. Des vers tombent de son nez, d'autres dansent sur sa langue. Il se demande s'il est enfin mort, quand Zaïn apparaît, arme en main. À ses côtés, Job trottine. Ils avancent vite. Zaïn remonte son foulard jusqu'à couvrir sa bouche.

Yao tousse. Il expulse de la bile. Il vomit des vers. Les choses grognent autour de lui. Il y a des coups de feu. Les cerveaux explosent. Il y a la voix de Zaïn sous la pluie : « Je suis là. » Il y a le chien qui aboie. Je suis peut-être en vie, pense Yao, avant de se mettre à prier.

« *An Edjh Dlia Dja. An Edjh Dlia Ahu. Anu Boknu. An Edjh Dlia Nau. An Edjh Dlia Fout. An Edjh Dlia Dja. An Bokn. Takgnié.* » (« Je suis avec toi. Je suis avec les dieux. Mes protecteurs. Je suis avec eux. Je suis avec vous. Je suis avec toi. Mon protecteur. Merci. »)

L'atmosphère est chargée d'encens et de cire fondue. Le médecin examine mon père en chuchotant.

Le soleil entre à peine, maintenu au-dehors par de lourdes peaux tendues devant les fenêtres. J'attends sur le seuil de la chambre. Tant d'années ont passé et rien n'a changé dans cette pièce. La table de chevet de ma mère est toujours là, recouverte d'une épaisse couche de poussière. Des toiles d'araignée décaties s'accumulent entre les poutres qui soutiennent le toit de chaume et de tôle. Des mobiles d'os sont suspendus dessous. Des trophées de chasse ornent les murs. Au-dessus du lit, trône encore la tête empaillée d'un caïman chassé par mon grand-père – la première bête que la famille a vendue aux chamans. Des tapis de laine isolent le sol de pierres inégales. Et puis des gris-gris vaudous, des talismans, des pattes de bestioles, des cierges, des flacons de liquides saumâtres garnissent des étagères. Dans un coin, une sorcière psalmodie des incantations. « *An Edjh Dlia Dja. An Edjh Dlia Ahu. Anu Boknu. An Edjh Dlia Nau. An Edjh Dlia Fout. An Edjh Dlia Dja. An Bokn. Takgnié.* »

Il fait sombre. Bien plus que dans mes souvenirs.

— Malheureusement, dit le toubib, en quittant des yeux la femme dissimulée dans l'ombre, il n'y a rien d'autre à faire. Reposez-vous.

Il se redresse et mon père apparaît dans mon champ de vision. Il est pâle. Sa peau est cireuse. Des cernes violets boursouflent ses pommettes. Ses épaules s'agitent, puis s'affaissent. Un râle s'étouffe dans sa poitrine et sa tête bascule en arrière, tandis qu'il soupire :

— Ouais. Je vais faire ça.

Le médecin rassemble ses affaires et s'en va. Cependant, en passant à ma hauteur, il m'attrape par le bras pour m'entraîner dans la cuisine. Ici, la lumière s'immisce un peu plus et réchauffe l'air de quelques degrés. Ici, les prières de la femme nous parviennent étouffées. « *An Edjh Dlia Dja. An Edjh Dlia Ahu. Anu Boknu. An Edjh Dlia Nau. An Edjh Dlia Fout. An Edjh Dlia Dja. An Bokn. Takgnié.* »

— J'imagine que vous êtes le fils, commence-t-il. Yaoru.

Je hoche la tête.

— Je vous ai soigné quand vous n'étiez encore qu'un enfant, mais je me souviens bien de vous. Vous étiez fier comme un coq, arrogant même, pour un garçon d'à peine dix ans. Vous parliez de la guerre. Vous n'aviez que ce mot à la bouche. Vous rêviez de devenir Kaiju ou chaman. Vous vouliez vaincre Phusis à vous tout seul. À dix ans…

— Je ne me souviens pas de ça. Mais il semblerait que j'ai réussi.

Un instant le docteur sourit, plongé dans ses pensées, il ne m'écoute pas. Puis il chasse les vieux souvenirs de sa mémoire en secouant la tête et enchaîne.

— Je vais être franc : votre père va mal. Le chaman Millan – c'est lui qui a appelé la faiseuse de prières – l'a trouvé dans la cour, il était inconscient. Coma éthylique. Une bestiole lui a arraché la main gauche. Et… (Il se gratte la tête.) Et je lui ai diagnostiqué une cirrhose. À un stade vraiment avancé. Je lui ai prescrit un traitement. Mais rien n'est magique contre cette maladie. Surtout détectée si tard.

Il me semble que, sous mes pieds, Phusis ricane. Et que ma voix est happée par un tourbillon de mouches lorsque je demande s'il va mourir.

— Oui, répond le toubib. Oui, bien entendu, comme nous tous. Mais s'il est rigoureux, abstinent surtout, il peut vivre encore de belles années. Cependant (Il secoue la tête, désolé.) physiquement... Le foie est déglingué, il ne fonctionne plus correctement. Il va avoir des difficultés de coagulation. Des pertes d'appétit... En résumé, il va avoir besoin d'aide.

Je ne dis rien. Je ne sais pas quoi dire. Alors le toubib parle pour moi.

— Est-ce qu'il a de la famille à part vous ? D'autres enfants ? Une femme ? Des petits-enfants ?

Je secoue la tête.

— Non. Il n'y a personne d'autre.

— Dommage. Dans ce genre de situation, la famille, les proches sont souvent décisifs, ça donne une motivation pour rester sobre. Essayez d'être là, conclut-il, en me posant la main sur l'épaule. Et surtout surveillez-le. Plus une seule goutte.

Il retire la main de mon épaule et s'en va. Et je demeure seul dans la cuisine, où des spectres jaillissent de chaque objet. Mes rêves de gosse me reviennent en pleine gueule. Gamin assez stupide pour croire aux dieux et à la toute-puissance des Kaijus ! Même le goût du rat bouilli, juste avant notre départ pour Nox, me revient dans la bouche. Et puis ma mère... Comme si le temps n'avait réussi à rien effacer, laissant traîner partout des souvenirs mal coagulés.

J'attends de longues minutes devant la pièce où se trouve mon père. Hésitant à entrer. Et à rouvrir les plaies au risque d'en voir suinter le pus.

Quatre ans que je ne l'ai pas vu. Quatre ans que je ne lui ai pas adressé la parole. Quatre ans qu'il m'a chassé des marais et quatre ans que je n'y ai pas remis les pieds. Nous n'avons rien à nous dire.

Jour après jour, de toutes mes forces, par tous les moyens, je cherche à l'oublier.

Mais je suis là.

Et je passe le seuil. Cette fois, je remarque les tubes de plastique qui sortent de son poignet et, au bout, les bandages suintants. Je me masse les joues.

Des bips s'échappent d'une machine en un compte à rebours détraqué. Assise sur sa chaise, le dos droit, la vieille chante la litanie contre la mort à présent. « *Until I sleep I'll forever walk. Dead. I'm not dead. I'm just doing wrong…* »

En me voyant entrer, mon père essaie de redresser ses épaules, mais il parvient à peine à bouger. Et vu d'ici, il a l'air déjà mort.

Malgré tout, il articule :

— Alors ?

Sa voix n'est plus qu'un souffle éteint.

Je me moque :

— Tu t'es mis à croire aux toubibs ?

— Tu as tué tous les dieux.

Voyant que je n'ai pas envie de rire, il ajoute :

— Dans ma position c'est tout ce qu'il me reste.

Il se tortille sur son matelas et demande :

— Qu'est-ce qu'il t'a dit ?

Je fais de mon mieux pour ne pas regarder ce qui reste de son bras mais le sang qui imprègne les compresses attire mon œil. Il tousse. Et je croise les doigts derrière ma tête pour me donner une contenance.

— Il dit que si tu y mets du tien, tu vivras encore un peu.

— Ça sera pas encore pour cette fois. Mets-toi ça dans la tête, connasse, les Kaijus ont du mal à mourir.

— On dirait bien.

Je fais quelques pas. Traverse un rayon de lumière qui s'échappe des tentures et dans lequel s'épanouissent des volutes d'encens. Maladroitement, mon père s'essaie à faire la conversation.

— Il paraît que ta culture de lézards tourne comme il faut.

J'arque les sourcils. Je lui tourne le dos et découvre une minuscule télé cathodique branchée sur une chaîne chamanique. En bas de l'écran le mot *guerre* défile sans cesse. Mon père continue de parler. Sur l'écran, des bulldozers arrachent des forêts.

— Millan m'a dit que les chamans se fournissaient chez vous maintenant. Le prix est bon à ce qu'il raconte. Et du sang reste du sang. Tu vois, je me tiens au courant.

Je hoche la tête. Le regarde. Dis :

— Comme les bêtes sont nées en captivité, les chamans n'ont plus d'objection à ce qu'on parque des sauriens. Il faut croire que la loi des dieux n'est pas aussi rigide qu'on le pensait.

Mon père se renfrogne. Il fait un signe en direction du téléviseur.

— Finalement, je ne t'ai pas si mal élevé que ça. J'ai même réussi. J'ai fait de toi un Kaiju. Tu prends part à la guerre.

— C'est du business, dis-je en éteignant le poste. Et il semblerait que la guerre touche à sa fin. D'une certaine façon, nous avons gagné.

Il écrase un moustique entre ses doigts et contemple l'amas d'hémoglobine, de pattes et d'ailes qui s'étire entre son pouce et son index.

— Qu'est-ce que tu veux ? je demande. Pourquoi tu m'as fait venir ?

— Je ne voulais pas que tu viennes. (Il secoue mollement la tête de droite à gauche.) C'est Millan…

— Dans ce cas, je vais y aller.

Sa voix me rattrape avant que je ne franchisse la porte :

— Attends. Il paraît que tu vas devenir père ?

Je m'arrête, un pied dans le couloir, l'autre sur le seuil. Il insiste.

— J'aimerais le rencontrer. Ton fils. Je pourrais le former. Avec l'aide des dieux et des chamans, peut-être deviendra-t-il Kaiju.

Je secoue la tête. Je fais volte-face et le fusille des yeux.

— Tu m'as raté, alors tu espères une seconde chance ?

— Ne me tiens pas responsable de tes échecs.

— Mets-toi ça dans la tête : on va se tenir loin de toi et de tes putains de marécages.

— Tu y as grandi dans ces putains de marécages !

— Et j'en suis parti.

— Et regarde-toi aujourd'hui : celui qui défie les dieux et met fin à la guerre… Comme je l'ai toujours prédit. Tu es là grâce à moi !

— Ce que je construis, ma famille, le ranch, je le construis tout seul, sans toi. Mets-toi une chose dans la tête : je te hais comme je hais cet endroit et ces tarés de chamans ! Je hais tout ce qui peut, d'une façon ou d'une autre, me rapprocher de toi et d'eux !

À côté de lui, une machine s'emballe. De sa main valide, il attrape un petit tube de fer blanc dont il sniffe la poudre. La machine s'arrête. Les yeux de mon père se révulsent pendant une seconde, puis la pulsation mécanique du cardiogramme reprend. Mon père aspire une profonde goulée d'air et dit :

— Si c'était le cas, tu ne serais pas là.

— Je suis uniquement venu pour te voir crever !

Il éclate de rire.

— Connerie ! Tu fais dans le lézard, comme moi ! Tu traites avec les chamans comme moi ! Tu t'es installé à la lisière du bayou. Tu es resté dans le Rauc alors que tu aurais pu foutre le camp, aller n'importe où !

On se ressemble bien plus que tu ne veux l'admettre. Toi aussi tu sens leurs écailles sous tes doigts lorsque tu t'endors le soir. Lisses et rugueuses en même temps. Tu les as dans la peau. Je t'ai transmis ça, comme je t'ai transmis la vie. Et tu ne peux rien y changer. Ces marais sont une part de toi, comme je suis une part de toi. Que tu le veuilles ou non, Phusis a fait de toi un Kepler doublé d'un Kaiju ! Et quoi que tu en penses, je reste ton père.

— Tu as cessé d'être mon père le jour où tu as cessé de me traiter comme un fils.

Il s'étouffe dans sa propre salive. Tousse, et je me détourne une fois de plus. J'ai beau chercher à lui échapper, il me rattrape constamment. Plus je m'éloigne de lui, plus je lui ressemble.

J'aimerais tant écorcher la couche de peau et d'âme que nous partageons. Mais je suis là par lui. Kepler. Père et fils.

— Fais attention à toi. Fils. Ces animaux… ils te transforment. Ils m'ont transformé, moi. Je suis devenu comme eux. Une bête. Nous buvons leur sang. Et ils boivent le nôtre. Nous revêtons leur peau. Ils se couchent sur nos os. Nous mangeons leur chair pour vivre. Ils nous dévorent pour vivre. Nous avons les mêmes réflexes de prédateurs. Nous les comprenons comme ils nous comprennent. Nous sommes identiques. Nous cherchons à les détruire comme ils cherchent à nous détruire.

Il suffoque, secoué par une quinte de toux que son corps décharné ne semble plus capable d'encaisser.

Incrédule, je le regarde étendu là. Si diminué que je pourrais le tuer rien qu'en le serrant dans mes bras. Le respect qu'il m'inspirait autrefois s'est définitivement mué en dégoût.

Des veines de stratus blancs fendent le ciel de schiste. Yaoru vomit sans cesse. Sur sa poitrine, son menton et ses jambes, partout se tortillent des vers. Et d'autres affluent dans sa bouche. Ses vêtements trempés avivent sa fièvre.

Il ne pleut plus depuis que Zaïn a repris la voiture. Il a exécuté les zombies d'une balle dans la tête – comme on le fait des crocos. Du bout du museau, Job a fouillé le sang pour dénicher les clefs et, en s'installant derrière le volant, Zaïn a dit à l'homme, qui répétait depuis des heures « putain de merde putain de merde » sans parvenir à bouger :

— Écarte-toi.

Le chien s'est installé entre eux deux. Zaïn a enclenché le contact. Il a poussé le chauffage au maximum. Après plusieurs kilomètres, il s'est remis à fredonner. L'homme s'est pelotonné contre la portière côté passager, les yeux planqués sous une casquette assombrie par la pluie.

La voix de Zaïn souffle jusqu'à Yao, qui laisse sa tête s'affaler sur la vitre. « *The tree don't care...* »

Yao ouvre les mains. Les mots le bercent. Ses paupières éteignent le monde.

Zaïn dit :

— Je suis désolé pour tes amis.

L'homme renifle et se mouche dans la manche de son blouson.

— Ne le sois pas. Nous, on n'a pas hésité.

— Ouais, fait Zaïn, en se grattant l'arrière de la tête. T'as déjà entendu leurs émissions ? demande-t-il pour changer de sujet.

— Le message ? Oui. Tous les soirs, je le connais par cœur.

— Non. Je te parle des émissions sur les ondes courtes.

Incrédule, l'autre fait prudemment pivoter sa tête en direction de Zaïn dont les doigts balayent déjà les fréquences. Et bientôt une voix de femme monte des enceintes, morcelée par le larsen et la neige électrostatique.

— ...d'hui... avons franchis une étape imp... la rivière qui... et grâce à la turbine, nous avons de l'électricité... jou... et nuit. C'est une petite révolution... soir nous prévoyons... projeter un film. Jon... regarder *La Nuit des morts-vivants* (Rire.)... »

Zaïn s'esclaffe. L'autre homme claque dans ses mains en riant. La présentatrice poursuit, la voix pleine de joie :

« Préférerais *New York 1997* mais… finalement voir *La Soif du mal*… Enfin… notre biologiste en chef… le professeur Joseph Udie… faire le point sur les avancées du projet Eden. »

Joseph s'éclaircit la gorge avant de prendre la parole. Et sur un ton calme, professoral, il explique : « … notre remède… bien supporté pour ramener les Z… jusqu'à… jours après l'injection. L'ivermectine associé à des… Mais nous avons… résultats avec… Une solution définitive est pour bientôt… suis convaincu… »

Longeant une eau bouillonnante chargée de troncs, de branches et de vestiges de vie, la bagnole entre dans de nouvelles gorges, plus étroites encore. Et la liaison se perd entre les blocs de pierre qui surplombent la route.

Après un long silence, Zaïn cogne contre la vitre de la lucarne qui le sépare de son père et articule haut et fort :

— On s'arrête ici pour trouver des vêtements secs. Cinq minutes, pas plus.

Sans perdre de temps, et son arme à la main, il détache son père et le traîne jusqu'à l'intérieur d'une minuscule baraque de pierre. Là, il inspecte les placards. De son côté, le type farfouille à droite et à gauche sans un mot.

Allongé sur le sol, Yaoru contemple une araignée qui s'affaire au plafond. Il devine, gravé dans un linteau, la litanie contre la mort. *UNTIL I SLEEP I'LL FOREVER WALK I'M NOT DEAD I'M NOT DEAD I'M JUST DOING WRONG.* Dans le Rauc, toutes les maisons ont cette incantation inscrite quelque part. C'est elle qu'on chante aux malades. *I'm not dead.*

— Ça sera parfait, annonce Zaïn.

Yao arc-boute sa tête contre le parquet. Les lames grincent et il aperçoit son fils à l'envers en train de poser un jean le long de sa jambe. Dans son autre main, il tient une veste polaire à motif camouflage.

Zaïn se change, puis aide Yao à s'asseoir. Il appuie son dos contre un mur de granit rugueux. Il enlève ses vêtements. Essuie sa peau trempée. Frotte ses muscles jusqu'à ce qu'ils s'échauffent sous ses paumes. Il l'habille. Lui passe un pantalon et des chaussures trop grandes. Tire sur un maillot gris pour faire glisser sa tête à l'intérieur. Enfile ses bras dans les manches. Déroule une veste kaki autour de ses épaules, pose un bonnet sur le haut de son crâne et noue une écharpe autour de son cou.

Yao voudrait pouvoir parler. Il aimerait pouvoir rassembler ses esprits pour être un père. Et poser des mots sur ce sentiment qui lui étreint la nuque. Peut-être que ça ressemblerait à ça : *Des choses sont bonnes malgré tout. Le va-et-vient des abeilles dans les fleurs. La joie qui emballe le cœur. Le bruissement des vagues. L'ombre des nuages. La famille. Les amis. Un enfant qui grandit. Les travellings. Un livre dévoré dans un lit. Un croquis. Une photo réussie. Le matin et la pluie. Les omelettes. La poésie. La musique et l'odeur du café. Un baiser. Un contre-jour. La peau qu'on caresse. Les noix fraîches. Le soleil de l'hiver. À l'automne le brame du cerf. La lumière sur les falaises. Un sourire sur tes lèvres. Des histoires plein la tête. Des mots et des rêves. Et puis la présence des autres. Des épaules pour pleurer. Des mains pour t'aider et des rires partagés. Alors n'hésite jamais. Construis. Imagine. Pense. Va. La vie est une chance.* Mais son corps ne parle plus. Et rien d'autre que des vers ne sort de sa bouche.

De nouveau, Zaïn l'empoigne pour le traîner à travers la poussière poisseuse de la baraque. Yao retourne dans la benne, où un soleil tiède couve sa joue et enduit son crâne de vapeurs tendres. *Until I sleep I'll forever walk.* Zaïn lui recouvre le torse et les épaules d'une couverture et lui dit :

— Accroche-toi. On y est presque.

Yao effleure des doigts la main de son fils quand, dans l'encadrement de la porte, l'autre type apparaît avec une carabine de chasse entre les mains.

— Éloigne-toi de la voiture, ordonne-t-il à Zaïn. Pose les clefs par terre.

Zaïn obéit sans chercher à le raisonner. Perdu dans la haine, l'autre crache :

— Tu es trop faible pour ce monde. Tu n'en es pas digne. Tu…

Il n'a pas le temps de terminer sa phrase qu'une vieille femme en robe de chambre lui arrache la jugulaire avec les dents.

Je couvre mon visage avec mes mains. J'attends une seconde, puis les ouvre en disant : « Coucou ! » Découvrant mes yeux et mon sourire, Zaïn éclate de rire en se tortillant dans sa couche. De nouveau, je couvre mon visage de mes mains. Attends une seconde avant de les ouvrir en lançant : « Coucou ! » Une fois de plus, sa gorge se remplit de rire.

Et j'éclate de rire moi aussi.

La fenêtre de la chambre est ouverte. Le rideau danse dans les rayons du soleil et le son du roulis des vagues. J'attrape mon fils et nous poste devant l'ouverture pour lui montrer un crocodile marin qui se laisse porter par les flots. Un vieux mâle issu d'une lignée sauvage. Il a des balafres sur le flanc et des écailles dorsales voilées par les courants. À mesure que la marée monte, la houle le dépose de plus en plus haut sur la plage. Dans les dunes alentour déjà, des pluviers attendent. Piaillant et claquant du bec.

Zaïn a six mois aujourd'hui. Blotti dans la lumière dorée du début de l'automne, je suis heureux.

Bianca entre dans la chambre.

Elle a des cerneaux de noix dans le creux de la main. Elle en picore un et le soleil se cache derrière un nuage : l'ombre parcourt la plage puis la mer. Elle avale le reste des noix, attrape notre fils et siffle en apercevant le saurien qui se prélasse sur le sable.

— Je pensais pas qu'il restait des sauvages.

— Oui. Ça faisait des années que je n'en avais pas vu.

Elle m'embrasse sur la joue.

— Ton père a encore appelé. Il demande à voir Zaïn.

Méticuleusement, j'évite son regard. Elle poursuit :

— Laisse-le au moins venir au ranch. Il va devenir fou là-bas tout seul.

— Il est déjà fou.

— Donne-lui une chance.

On en a déjà parlé des centaines de fois. Elle ne lâche rien. Elle a raison.

Bianca pose le petit sur le sol et en un rien de temps, il se carapate vers l'escalier. Elle le rattrape juste avant qu'il ne dégringole du haut de la première marche. L'enfant dans les bras, elle repasse la porte et dit :

— On pourrait lui rendre visite pour commencer. Zaïn verrait le marais.

— Il n'y a plus rien à voir. Le feu a tout détruit.

Même les coyotes qui squattaient devant la maison sont morts. Il n'y a que mon père qui soit assez stupide pour habiter là-bas.

Bianca fronce les sourcils.

Une bourrasque arrive de la mer. Il me semble entendre les becs des oiseaux cogner contre l'émail des crocs du saurien. Par réflexe, j'observe par la fenêtre. Le croco, la gueule ouverte, laisse les pluviers s'affairer entre ses dents pour glaner des restes de viande et picorer les sangsues fichées entre ses écailles. Je déglutis et mens :

— Je l'appellerai.

Bianca s'éloigne en chantonnant : « *And we know there's no need to forgive...* »

Au loin, le croco referme la mâchoire. Ses yeux s'éteignent. Et les oiseaux s'envolent.

Dans cette forêt sans fin, les ombres sont vertes et le jour ne brille pas. Effluves de bois mort, feuilles en décomposition, terre grouillante. Tout est humide. Et sombre. Depuis des kilomètres la route s'enfonce entre les arbres. La forêt est partout. Elle s'immisce dans chaque interstice de lumière, la rend laiteuse, et confisque jusqu'à l'air.

Sur le bas-côté, un panneau rouillé remercie les voyageurs de leur visite à Carl Pétrole et fils. Zaïn plisse le front. « Enfin. » Il s'engage sur le parking, rétrograde, passe au point mort et coupe le moteur tout en maintenant l'embrayage enfoncé. La voiture glisse entre les pompes puis s'arrête. Zaïn cogne son poing contre la vitre, arrachant Yaoru à cette forêt qui l'appelle.

— On y est, dit Zaïn. C'est la station dont parlait Yaël.

Mais Yao n'écoute pas. Ses ongles mordent la paume de ses mains. Il y a quelque chose dans l'air.

La peinture s'écaille. Le crépi tombe des façades. Un bidon renversé grince au gré du vent. Une tache d'huile sèche sur le ciment. Dedans brillent des éclats de verre, semblables à des étoiles tombées du ciel. Des fourmis farfouillent dans les fentes d'asphalte où poussent des pissenlits. Entre les nuages, des oiseaux de proie passent et crient. La brume perle le long des toits de tôle. Goutte. Rouille. Des merles fourragent dans les fougères toutes proches. Un pic martèle un arbre. Tandis que la masse verte, presque noire, de la forêt enveloppe le monde et le digère.

La portière claque. Des nuages de brume traversent la station-service. Debout sur le parking, Zaïn balaye l'endroit du regard et sonde l'ombre des bois. Puis il fait craquer sa nuque et appelle Job. Le chien bondit hors de la voiture pour le rejoindre, mais s'arrête en cours de route pour laper une flaque où flotte une feuille. Zaïn marche jusqu'à lui. Il lui tapote le dos et le presse.

— Allons-y.

La gueule ballante, Yao les observe depuis le pick-up. Zaïn *bouge* comme un Kaiju. Il *ondule. Fluide. Sans peur.*

Un à un, il décroche les pistolets des pompes. Il presse les gâchettes. Rien ne vient. Alors il se dirige vers un bâtiment au-dessus duquel des néons éteints indiquent : GARAGE 24/24. Face aux portes, il pose sa main sur la poignée et se fige quand, dans la benne, Yaoru se met à tousser. À cracher et à vomir du sang.

Yao tremble comme une feuille. Un haut-le-cœur lui secoue les tripes. Des vers remontent encore le long de sa gorge. Zaïn relâche la poignée. Il se tourne vers son père dont les yeux sont devenus blancs. Il revient vers lui. *Ondule. Sans peur.* Arrivé devant le pick-up, il dit :

— Attends, je vais t'aider.

Les bras en appui sur la ridelle, il chasse les vers qui courent sur le visage émacié de Yao. Il remonte la couverture sur ses épaules.

— Ça va aller ?

La tête de Yaoru s'affaisse. Zaïn se penche sur lui.

— Tu m'entends ?

Il s'approche. Et Yao mord. *Fluide*, Zaïn s'écarte et saisit son arme.

— Calme-toi !

Yaoru aboie. Des sangsues grouillent dans sa gueule. Fou. Il devient fou. Il hurle. Zaïn déverrouille le cran de sûreté, imprime le canon sur la joue translucide de son père et, la voix nouée par les larmes, pose son doigt sur la détente.

— Je t'en supplie, calme-toi. Reviens… Ne me laisse pas.

Mais Yaoru se débat. Le visage décomposé par la fureur, il cherche à mordre.

— Papa !

La peur, la rage : tout passe. Yaoru s'affale. Les sangles le retiennent.

— Papa…

Pendant de longues minutes, Zaïn garde son revolver braqué sur son père. Puis il dit :

— OK. Je fais vite. Ne t'inquiète pas. Ça va aller. Je suis là.

Et déjà il retourne vers l'atelier, où Job l'attend en pissant contre un mur.

Devant le bâtiment, Zaïn fait coulisser la porte à l'intérieur du rail. Le son du métal pulse. Un écho s'attarde dans l'air, réveillant quelque part des cris mêlés de sanglots. Quelque chose se met à gronder. Job dresse l'oreille. Zaïn disparaît à l'intérieur du garage.

Lorsqu'il en ressort, la lumière verte des bois lui patine la peau. Dans les mains, il tient un jerrican et une perceuse, dont il pointe le foret vers la route qui quitte la station. Là-bas, il y a des dizaines de bagnoles encastrées les unes dans les autres. Des épaves recouvertes de lichen et de graines de pin qui germent le long des caoutchoucs des essuie-glaces. Des impacts de balles grêlent les portières. Les pneus sont crevés.

Zaïn *bouge*. Son visage émerge au-dessus des toits jonchés de feuilles, d'épines et de mousse. Du plat du pied, il sonde les réservoirs à la recherche d'essence. Il en dégotte un plein à craquer dans une voiture arrêtée en tête de file. Un modèle banalisé des Brigades antiémeute sous lequel il s'accroupit pour percer deux trous l'un au-dessus de l'autre. La cuve éructe.

De grosses bulles remontent le long du plastique. Puis l'essence gicle par saccades. Zaïn ajuste le jerrican sous le jet. Pendant que le bidon se remplit, il patiente, les mains enfoncées dans les poches, adossé à une carcasse de camping-car.

À l'autre bout de la station, la chose qui envoûte Yao depuis qu'ils sont arrivés quitte l'humus de la forêt. Il entend à travers ses oreilles : des griffes cliquètent sur le ciment du parking. La chose grogne. Des ongles grattent. Yao observe à travers ses yeux : des mouches pompent la pellicule visqueuse de sa cornée. Yao tend la mâchoire. Ses dents s'entrechoquent. *Clac.* Quelque chose avance... Brusquement il tourne la tête et découvre Job. Il est assis. Il remue la queue. Dans sa gueule s'agite un poulet.

Le chien serre les crocs. Les os de l'oiseau craquent. La nuit tombe.

Zaïn porte le jerrican à deux mains. Il l'épaule, le vide dans le réservoir du pick-up pour la cinquième fois. Ensuite il s'allonge sous une autre épave, le remplit encore. Siphonne. Recommence. Puis accroche le jerrican dans la benne en disant :

— Je vais nous chercher de quoi manger et on repart.

Un carillon sonne lorsqu'il ouvre la porte de la boutique. Il allume sa torche. Le faisceau lèche les ténèbres, accroche son nez et ses cils. Son visage, ombres et lumières, saccade entre les lettres majuscules peintes sur la vitrine crasseuse. ALCOOL TABAC SOUVENIRS. Les photons jaunes dansent dans la pièce alors qu'il furète entre les allées. Son visage joue à cache-cache entre les rayons.

Depuis la benne, Yaoru souffle :

— Sauve-toi.

Dans la boutique, une étagère tombe. Zaïn crie. Sa lampe s'éteint. *Clac*. Des trucs se brisent. Hurlent des monstres. Quelqu'un braille : « Sortons de là ! » Il y a des flashs accompagnés de coups de feu. Des ombres chinoises sur l'onde électrique des détonations. Deux Z, debout, gueule ouverte, face à Zaïn qui pointe son arme sur eux. Les Z feulent. Ils claquent des dents. Ils s'élancent. Bondissent. Zaïn tire.

D'abord le silence, puis la lumière revient en clignotant. Et enfin la voix de Zaïn s'élève :

— Allez-y. J'arrive.

La porte de la boutique s'ouvre au son du carillon mécanique. Un enfant sort, une femme le pousse dans le dos.

— Dépêche-toi.

Arrivé devant le pick-up, l'enfant lève les yeux et tend l'index en direction de Yao.

— C'est qui lui ?

La porte tinte encore et Zaïn approche, les bras chargés de soda et de bouffe.

Les mains croisées sur la poitrine de l'enfant, la femme répète :

— Merde, mais c'est qui lui ?

Zaïn dépose ses victuailles sur le capot de la bagnole :

— C'est mon père. Il a été mordu (La femme recule d'un pas.) il y a plusieurs jours mais j'ai réussi à le maintenir comme ça. Par précaution, je le garde attaché. On roule en direction d'Asram. Là-bas, il y a un professeur qui prétend avoir un remède. À la radio, ils disent qu'il peut nous aider.

La femme plisse le nez et le front, mais sa tête fait oui. Zaïn tend un soda au gamin, qui l'attrape, l'ouvre et le boit à grands traits.

— Vous étiez là-dedans depuis longtemps ? demande Zaïn.

La femme tressaille. Elle renifle.

— Un jour je crois.

Elle essuie son visage avec sa manche. Elle tousse pour évacuer un sanglot et continue :

— On allait là-bas nous aussi. À Asram. Mais la route de la vallée est bloquée par une coulée de boue. On y a laissé notre voiture et on est remontés à pied jusqu'ici pour passer par le col. Les… ils nous sont tombés dessus alors qu'on cherchait de la nourriture. On s'est enfermés dans les frigos et depuis, on les voyait nous tourner autour. Mordre les vitres et se battre entre eux. Ils hurlaient sans cesse.

Elle s'arrête. Elle secoue la tête pour ne pas pleurer. Zaïn demande :

— La route de la vallée est bloquée ?

— Oui, confirme-t-elle en toussant dans son poing. À quelques kilomètres d'ici. Vous ne passerez pas. Même là-dedans. (D'un mouvement du menton, elle désigne le pick-up.) Il faut remonter au col. C'est la seule option.

— Ça rallonge de beaucoup ?

— Là-haut il y a un ancien check-point qui doit être compliqué à passer. Il y a sûrement de la neige. Ensuite, il faut redescendre dans la plaine, avant de rejoindre la route qui remonte vers Asram. Oui… ça peut prendre du temps. Six à huit heures. Peut-être même plus.

Zaïn serre les poings ; il s'énerve :

— Merde !

Et puis, en regardant l'enfant, il se calme.

— Si vous voulez, on peut vous emmener. On a de la place.

Il attend une réponse qui ne vient pas, alors il poursuit.

— Moi c'est Zaïn, dit-il en posant la main sur son torse.

La femme hoche la tête et, la voix abîmée par l'angoisse, elle dit :

— Je m'appelle Aahcy et voici Aoï.

— Salut Aoï, fait Zaïn, en se penchant sur l'enfant. Quel âge tu as ?

Aoï regarde ses pieds et dit :

— Salut.

Puis :

— J'ai douze ans.

Enfin, il désigne Yao du doigt, en demandant :

— Et lui ? Comment il s'appelle ?

— Yaoru, répond Zaïn, en se rapprochant de son père. D'ailleurs, il faut que je m'occupe de lui. Que je lui donne ses médicaments, j'en ai pour une minute. On part juste après. Installez-vous dans la cabine si vous voulez.

Mais l'enfant s'accroupit devant le chien pour lui chatouiller la gorge.

— Lui, c'est Job, fait Zaïn. On l'a trouvé en route à la station de péage des Trois-Veines. On dirait qu'il t'aime bien.

Job lèche les joues du garçon, qui le repousse gentiment.

— Viens Job, dit l'enfant, on va se mettre au chaud.

Zaïn souffle dans ses paumes en les regardant grimper dans la bagnole. Ses mains tremblent. Il les frotte. Il les cogne l'une contre l'autre, puis éventre un paquet de guimauve qu'il vient de voler. Il en extirpe un chamallow dans lequel il plante quatre ou cinq pilules d'embonate de pyrantel. Ensuite, il jette le bonbon sur les genoux de son père.

— Essaie de manger ça, conseille-t-il. C'est pour les chiens mais c'est tout ce que j'ai pu trouver.

Il épluche une barre de chocolat, mord dedans

et avale un peu de soda pour faire glisser. Il demande, la bouche pleine :

— Tu comprends ? Il faut que tu manges, répète-t-il en mimant avec ses doigts. Il faut que tu prennes des forces parce qu'on doit remonter jusqu'au col. J'espère…

Finalement, il ne dit rien de plus.

Yao courbe la nuque pour attraper la sucrerie et la porte à ses lèvres.

Dans la cabine, Aoï s'installe sur le siège du milieu. Job blottit son museau contre sa cuisse.

Chapitre IV

Rouge

Je décroche la caisse suspendue au clou et en vérifie le contenu.

Ensuite, j'entre dans le box. L'intérieur sent le fer, la litière de cinq jours et l'antibiotique. Tapie au fond de l'enclos, Andrea geint en me voyant approcher. Elle recule même un peu pour se réfugier dans l'ombre du mur. Des particules de paille brillent en traversant un rayon de soleil. Andrea se recroqueville. Elle s'enroule dans sa queue posée en rempart.

Les mains en évidence, je m'agenouille auprès d'elle. Caresse sa cuirasse, remonte le flanc, presse l'épaule, gratte le cou et d'un geste précis et vif, j'arrache la fléchette de tranquillisant enfoncée dans sa tempe.

Un bref brame s'étouffe dans son ventre. Elle éructe de la bile.

Elle agonise.

J'allume la lampe. La lumière crue fait danser ses scutelles. Sa peau est couverte d'ulcères purulents.

Marron. Hérissés de sangsues rouges. Je déplace le faisceau. Par endroits, les lésions charcutent la chair jusqu'aux os. Les mouches pondent dedans. Je les chasse. Pulvérise une solution d'antiseptique. Les tissus se contractent. Les vers se tortillent. Je scrute sa gueule. Ses narines. Je renifle en découvrant la plaie sanieuse qui lui gangrène l'œil et le couvre d'un glaucome bleuté.

Plusieurs semaines déjà que ses blessures s'infectent sans relâche et sans que nous parvenions à les soigner.

Je passe tout mon temps auprès d'elle. À brosser ses écailles sales. À éponger la terre, à laver sa peau. J'enlève les débris de bois et les grains de sable coincés entre les lamelles de kératine. J'assouplis son cuir avec de l'huile à tanner. Je déloge les éclats d'os fichés entre ses dents. Je lui parle. Je dis : « *An Edjh Dlia Dja.* » Je dis : « *Phusis Bok Na. TrollFout.* » (« Phusis. Protégez-la. S'il vous plaît. »)

J'essaie de la rassurer : « Ne t'inquiète pas, ça va aller, je suis là », mais elle meurt à l'aube.

— On devrait brûler le cadavre avant que ça se répande, fait Jeanne, en me regardant refermer la porte du box. On sait pas ce que c'est. Pour l'instant ça n'arrive qu'aux rouges. Mais ils pourraient très bien le refiler aux autres. Michonne l'aura sans doute bientôt chopé elle aussi. C'est même étrange que Lucy l'ait pas encore eu. Il faut prendre les devants. Ce truc les rend barges. Andrea a failli bouffer Bianca hier. Il faut virer ces putains de crocos rouges.

Je secoue la tête en quittant l'enclos.

— Non.

J'essuie mes paumes en les frottant sur le devant de mon t-shirt. Jeanne continue :

— Je te dis qu'il faut les plomber ! Avant que tout le monde attrape cette saloperie.

Je me rapproche d'elle, arrête mon visage à quelques centimètres du sien et rugis :

— ON NE TOUCHE PAS AUX ROUGES !

Les mains sur mon torse, elle me repousse et gueule :

— On a perdu une belle femelle, OK ! Pas la peine de t'en prendre à moi !

Je serre les dents. Elle a raison.

— Arrête de t'attacher à cette putain de lignée. On s'en fout. Les chamans s'en foutent. Tout le monde s'en fout. Il n'y a que toi qui t'obstines. Pourquoi tu les gardes ? Qu'est-ce que tu espères ?

Je ne sais pas. Je m'emporte :

— Lâche-moi !

Elle pointe son doigt sur moi :

— Je t'aurai prévenu.

J'acquiesce sans un mot, le visage fermé, tourné vers la porte du box.

Le nez collé contre la vitre, Aoï regarde le paysage. Son souffle sur la fenêtre voile le monde de buée. De l'index, il trace une ligne dans la couche de condensation et tout redevient net. Les montagnes comme le ciel, les animaux, les arbres et les hommes. Il soupire encore et l'univers froid disparaît sous son haleine chaude.

À la maison, je retrouve Zaïn. J'ai les bras et le dos ankylosés. La nuque raide de chaleur. Les jambes molles comme des bâtonnets de collagène. Il est midi. Et dehors, le soleil grille tout. Les animaux, les arbres, les hommes. En jogging noir et maillot de corps troué, Zaïn mange des céréales, assis en tailleur sur le canapé du salon. Il ressemble de plus en plus à un homme. La télé est allumée. Il regarde un dessin animé où une vieille femme explique : « Si tu portes sur le monde un regard sans haine… »

Je passe dans la cuisine pour attraper une bière dans le frigo, si bien que je n'entends pas la vieille dire : « Tu trouveras peut-être le moyen de vaincre la terrible malédiction qui pèse sur notre pays. Et si tel est ton destin, de sauver ta propre vie. » Je retourne dans le salon m'asseoir à côté de mon fils juste à temps pour voir Ashitaka, le jeune prince, acquiescer.

Je dis :

— Il faut qu'on aille ramasser les œufs.

Zaïn enfourne une nouvelle bouchée de céréales puis répond, les yeux scotchés au téléviseur et sans arrêter de mâcher :

— J'ai déjà fait les dents cette semaine, Jeanne peut pas le faire ?

— Non.

— Et maman ?

— Non plus. Elles sont à Reta pour préparer la Tahat.

— OK. Bon. Mais c'est moi qui chasse les femelles des enclos.

Ma tête pivote de droite à gauche.

— Non. Tu ne *bouges* pas assez bien. Tu es trop jeune.

— J'ai douze ans. Les crocos sont adultes à douze ans.

Je me marre.

— T'es pas un lézard.

Alors il tourne la tête dans ma direction, me sert un sourire plein de flocons d'avoine et fanfaronne :

— Non, mais je suis un Kepler. Issu d'une lignée de Kaijus. C'est beaucoup mieux. Les lézards sont dans des enclos à manger de la farine de poulet. Moi je suis dans le canapé à mater un film.

La fatigue pique mes paupières. Je me frotte les yeux en bâillant. Zaïn attrape la télécommande et éteint l'écran.

— Et puis je sais *bouger*. Grand-père m'a appris.

Depuis quelques années, Bianca emmène Zaïn voir

mon père. Je n'y vais jamais. Je ne veux pas le voir. Maigre. Jaune. Malade. J'aimerais retrouver l'image du chasseur de sauriens. Être à nouveau fier. Mais je n'y parviens pas.

Je termine ma bière et me lève, pendant que Zaïn argumente encore :

— J'y arrive même mieux que toi d'après lui. J'ai des genoux comme des ressorts…

Joignant le geste à la parole il se met à sautiller à travers la pièce.

Je suis fatigué. Je dis :

— Non.

Je dis :

— Je vire les lézards.

— Dans ce cas, je prends le fusil.

Je soupire.

En septembre, on a apparié les mâles avec les femelles et maintenant, elles ont pondu. Et on rafle tout. On en garde la moitié pour renouveler le cheptel et compenser les pertes dues aux vers qui rongent les rouges. Le reste est expédié à Poghorn dans les restaurants et les snacks de natifs pour les omelettes et les œufs frits. Ou bien vendu aux chamans pour leurs expériences à la con.

Au ranch, Zaïn se poste dans le mirador ouest avec la carabine. Je le regarde tester puis régler la lunette. J'attends son signal. Il glisse une balle dans la chambre et lève le pouce. J'allume le fumigène. Des flammes rouges crépitent au bout de mon bras, suivies par une longue colonne de fumée mauve.

Je fais coulisser la porte des pondeuses. Enclos numéro un.

Les genoux fléchis, j'abaisse mon centre de gravité. Je tends la jambe, décris un arc de cercle. *Bouge.* Je crie la litanie : « *Ondule* ! *Fluide* ! », pour faire fuir les lézards vers l'enclos numéro deux. Sur ma droite, une femelle s'attarde. Je la surveille du coin de l'œil. Le laser du viseur de Zaïn se promène sur son front.

Je fais un pas dans sa direction. « *Sans peur* ! » J'agite la fusée de détresse devant moi. « *Ne sois pas proie* ! » La bestiole se résigne à rejoindre les autres bestioles.

Lorsque l'enclos numéro un est vide, je remonte le long du bassin, condamne la porte et fais signe à Zaïn de me rejoindre.

Ensemble, nous ratissons le périmètre à la recherche des nids. La plupart du temps, ils sont à peine visibles. Les femelles pondent dans des trous qu'elles recouvrent aussitôt. Zaïn sonde le sol du bout de sa sandale. Il éparpille dans l'air des particules de poussière. Il éclate de rire et annonce, victorieux :

— Prem's !

En un rien de temps, il se retrouve à genoux à creuser le sol à deux mains en éjectant le sable par-dessus son épaule. Je le regarde déterrer les œufs. Puis les transporter, du bout des doigts, jusqu'aux caissons isothermes.

Je me souviens qu'à son âge, je parcourais des kilomètres de bayou pour quelques coquilles. Je me souviens aussi de mon père, penché sur les berges, examinant les herbes rousses. « Les crocos pondent souvent le long des bouquets d'hellébores, expliquait-il. Car elles sentent si fort qu'elles camouflent l'odeur du nid. Trouve des hellébores et tu trouveras des œufs. »

Tout en pensant à lui, j'attrape le sommet d'une coquille enfoncée dans une portion de sable chaud. Je tire dessus. La carapace de calcaire cède sous la pression de mes doigts. Et le magma visqueux d'embryon et d'albumen se mélange aux graviers.

Un instant plus tard, Zaïn en déniche quatre de plus. Des beaux. Des nacrés, piquetés de bleu.

— Mets ceux-là de côté, je fais. On les mangera ce soir. Tu nous cuisineras une omelette.

Le soleil et les nuages se disputent le ciel. Zaïn cale son coude contre la portière et pose sa tempe entre ses doigts. Imperceptiblement, la pluie se transforme en flocons.

Assis à l'avant de la charrette, Zaïn râle alors que nous n'avons pas encore quitté le ranch.

— Pourquoi on n'y va pas en voiture ?

À l'aide d'un morceau de tissu, je cale un nouveau bocal rempli de formol verdâtre contre le précédent. Dedans flottent des cerveaux. Je vérifie que les verres ne se touchent pas, puis me redresse pour attraper le jerrican de sang que me tend Bianca.

— On en a à peine pour une heure.

— Il fait chaud.

Je sangle le bidon sur le châssis et charge le suivant. Zaïn regarde sa mère à la recherche d'un peu de soutien, qui ne vient pas.

— Mets un chapeau, dit-elle seulement.

— Tu viens pas avec nous ? demande Zaïn en quittant la charrette.

Bianca secoue la tête.

— Il y a l'enclos numéro un à curer.

— Tu le feras en rentrant, propose Zaïn, dressé sur la pointe des pieds pour attraper sa casquette accrochée à un portemanteau. J't'aiderai si tu veux.

Bianca tord la bouche, dubitative. Je hausse les épaules.

— Zaïn a raison, on le fera en rentrant. Les femelles du numéro un peuvent bien attendre quelques heures de plus. Et puis, ça fait longtemps qu'on est pas sortis en famille.

— Waou, se moque Bianca. Une sortie au temple, quelle chance ! Vivement mon anniversaire !

Tout le temps du trajet, Zaïn parle sans arrêt. Il pose mille questions. Excité à l'idée d'entrer dans le temple pour la première fois.

— Qu'est-ce qu'ils fabriquent là-dedans avec des cerveaux de croco, de la bile et du sang ?

— Des dieux, fais-je, en épongeant mon front contre l'épaule de ma chemise.

Zaïn se gratte la tête et se tourne vers sa mère.

— Qu'est-ce que c'est exactement les « dieux » ?

— Un truc que les chamans ont inventé pour rassurer les gens, répond Bianca.

— Ça a marché ? De quoi les gens avaient peur ?

— Du monde qui les entoure, je crois. Et non, ça n'a pas marché.

— Les gens avaient peur de ça ? fait Zaïn en désignant l'espace qui va du désert à la lisière des marais. Pourquoi est-ce qu'ils avaient peur ?

— Les chamans disaient que les marécages voulaient nous tuer. Et que seuls les dieux pouvaient nous aider.

— Les dieux et le Kaiju.

— Les dieux et le Kaiju, confirme Bianca.

— Mais je comprends pas, qu'est-ce qui est arrivé en premier ? La peur ou les dieux ?

Je souris, malgré la roue de la charrette que je peine à extraire d'une ornière. Et Bianca demande :

— D'après toi, qu'est-ce qui est arrivé en premier, l'œuf ou le saurien ?

Zaïn cligne des yeux autant, pour trouver une solution à cette énigme que pour observer le temple qui se dresse à présent devant nous. Un bâtiment étrange, étroit et haut, sans fenêtres ni ouvertures. Aux murs enduits de chaux pisseuse. Et surmonté par l'aigle et le serpent enlacés – symbole de la nature décadente.

— Et ils créent réellement des dieux là-dedans ?

— Les dieux n'existent pas, répète Bianca.

— Mais les Kaijus existent ?

— Ça, il faut demander à ton père.

Zaïn fait tanguer la charrette en se levant. Il se retient à une coursive, me laisse le temps de rétablir l'équilibre et m'interroge à mon tour :

— P'pa, d'après toi, les Kaijus existent ?

Je tire sur les timons, je hausse les épaules.

— Je ne sais pas. J'en sais rien du tout.

Nous nous approchons en silence et je m'arrête devant l'immense porte couverte d'écailles patinées de sable et de soleil. Je frappe plusieurs coups. Passent quelques secondes. Et les gonds craquent sous le poids de la porte qui s'ouvre.

— Les œufs, glisse finalement Zaïn à Bianca, pendant que nous pénétrons dans l'immense pièce au sol recouvert de pierre. Les œufs sont arrivés les premiers.

— C'est ce que je pense aussi, confie-t-elle.

— L'éternelle question de la peur ou des dieux, fait le chaman Millan en nous accueillant.

Malgré le collagène qui fait flotter sa peau au-dessus de ses os. Malgré les lentilles jaunes et la langue taillée en fourche. Malgré la chirurgie qui lui déforme le corps, redresse sa colonne, gonfle ses muscles, soutient ses épaules et renforce ses jambes, Phusis poursuit son œuvre et il vieillit.

D'un mauvais pas, il marche à notre rencontre, fait le tour de la charrette pour vérifier le chargement.

— Bien. Parfait. Des cerveaux frais. Excellent.

Un second chaman traverse la pièce. Bougeant les pieds de façon saccadée et rapide. Une greffe de métal tend sa joue. Des plumes noires et jaunes recouvrent le sommet de son crâne. Les deux prêtres se saluent discrètement en s'inclinant l'un après l'autre.

— Chaman Krang.

— Chaman Latot.

Millan patiente jusqu'à ce que l'autre disparaisse, avant de reporter son attention sur nous. Et tout en essuyant l'écume blanche qui s'accumule à la commissure de ses lèvres, il dit :

— En réalité, la peur et les dieux sont arrivés en même temps. Exactement au même moment. Car il s'agit des deux faces d'une même pièce. Je souffre, je meurs, j'ai peur, donc je suis. Et alors que l'être humain prenait conscience de sa peur, de sa finitude, et qu'il les nommait, il a créé l'autre côté du miroir. À la nature mauvaise, il a opposé les dieux bons.

— Vous parlez comme mon grand-père, l'interrompt Zaïn.

Le chaman ricane.

— Tu as raison. Je parle trop. Mais sache que ton grand-père était un grand Kaiju. Et qu'il demeure un immense chasseur.

Il laisse planer un silence, semblant se remémorer l'époque lointaine où mon père rapportait des lézards de quatre mètres pour la Tahat. Puis, d'une voix qui n'appelle aucun commentaire, il lance :

— Ce fut le dernier des grands Kaijus.

Sur le chemin du retour, Bianca imite d'une grosse voix le chaman Millan.

— Ce fut le dernier des grands Kaijus, singe-t-elle.

Assis à ses côtés, Zaïn se marre. Et tout en tirant la carriole, je me marre avec eux. Dans notre dos le soleil se cache derrière Grand C. et l'ombre inonde ce qu'il reste du bayou. Des arbres morts. Des assecs où pourrissent des squelettes de poissons.

Le sourire aux lèvres, je relève la tête. Des vapeurs de méthane dansent dans le crépuscule. Au travers, j'aperçois le ranch. Je pense à l'enclos qu'il faut curer. Je me dis qu'il attendra demain. Secrètement j'espère que Jeanne s'en est chargé. Je sifflote et Zaïn dit :

— Je serai le prochain grand Kaiju.

Le voyant moteur s'allume puis s'éteint. Sous le capot, le radiateur patine. Il agonise, usé par les épingles. Pour tuer le temps, Aoï joue avec le pare-soleil côté passager. Le baisse. Le relève. À sa droite, sa mère regarde le précipice qui s'allonge un peu plus après chaque virage. L'horizon est loin. Et c'est magnifique. Le soleil rasant déjoue les ombres à faire saillir les pierres. Le calcaire scintille. Et puis le vert. L'obscurité fade sur les versants nord. Le reste, multicolore à l'endroit où fane la forêt.

Zaïn conduit d'une main et sans un mot. Une photo glissée dans le range-document du pare-soleil, apparaît et disparaît chaque fois qu'Aoï le manipule. Une vieille pub. Un flyer pour des outils de bûcheronnage où une fille en maillot de bain kaki porte une tronçonneuse dressée dans chaque main, de part et d'autre de sa poitrine. Zaïn referme le pare-soleil et envoie un signe du menton en direction de la route.

— On arrive.

Une fine couche de neige couvre le sol. Ici, tout est noir ou blanc. Régulièrement, les essuie-glaces s'animent dans un bruit de moteur électrique. Des flocons minuscules volètent dans la lumière des phares. La langue posée sur les lèvres, le front plissé, Zaïn cogne son pouce contre le volant.

— On ne passera pas, dit-il. Pas avec la voiture en tout cas. On va devoir en trouver une autre de l'autre côté.

Face à eux, une succession de barrières bloque le passage ; des enveloppes de pneus sont coincées dans la herse à clous étendue dessous. Des blocs de béton anti-intrusion sont disséminés sur la route. Un peu partout, des panneaux annoncent : CHECK-POINT OBLIGATOIRE. Et de chaque côté, des grillages surmontés de barbelés courent depuis les falaises et le précipice de droite jusqu'à l'éperon rocheux qui domine à gauche. Dedans, pendent des corps emmêlés. Deux miradors surplombent l'ensemble.

Tous n'avaient vu de check-point qu'à la télé. Au début, aux infos, on les voyait dressés autour de Reta, puis aux limites du Rauc avant d'atteindre la lisière de Poghorn. Inexorablement, ils reculaient à mesure que les Z avançaient.

C'était avant que le courant ne soit coupé.

Avant que les écrans ne s'éteignent.

Avant que les réseaux ne se taisent.

Et que la civilisation ne s'effondre.

— Je vais voir comment ça se présente, dit Zaïn en sortant. Restez ici. Je reviens.

Courbé en deux, l'arme à la main, Zaïn avance vers le check-point, s'abritant derrière des épaves, *bougeant* sans bruit. Arrivé à hauteur d'un conteneur, il s'arrête pour scruter au-delà des barricades. Là-bas, il devine des bagnoles de l'armée équipées de mitrailleuses, des véhicules de pompiers et des tentes médicalisées. Alors que ses yeux fouillent les lieux, son regard accroche sur une chaise roulante qui balance dans le vent. Une roulette manque à l'avant. La garniture de mousse bourgeonne sur le cuir élimé. Des sacs plastique en charpie sont emmêlés entre les rayons des roues.

La pluie reprend. Zaïn regagne vers la voiture en tirant la chaise derrière lui.

— On va traverser, annonce-t-il, en attrapant son sac à dos dans la cabine. C'est infranchissable en voiture. Mais à pied ça ne posera pas de problème. Il y a plein de véhicules de l'autre côté. Des trucs de l'armée. Ils ont l'air en bon état. On en trouvera forcément un qui fonctionne.

Tout en parlant, il contourne le pick-up et desserre les cliquets des sangles qui entravent son père. Puis, une main cramponnée à l'arrière de son col, il le traîne à travers la benne avant de l'asseoir sur la chaise.

— Allons-y.

Tout en la poussant entre les blocs de ciment,

Zaïn garde son père en joue. Devant eux, Job avance ventre contre terre. Aoï le suit. Il a la tête enfoncée dans sa capuche. Il donne la main à sa mère qui le presse.

— Dépêche-toi.

Sous leurs pas, la neige fond. De grands corbeaux décollent. Des rats détalent. Un linceul de flocons recouvre les cadavres étendus par terre. Des douilles de 7.62 crissent sous les roues du fauteuil.

Aahcy et Zaïn soulèvent la chaise par-dessus la herse à clous. De ce côté, les cadavres portent des masques à cartouche vissés sur le visage. Les visières sont brisées. Les types ont des éclats de verre fichés dans la peau, et leurs combinaisons doublées au téflon sont couvertes de traces de morsures. Malgré les fusils d'assaut.

Aahcy, Aoï et Job entrent dans le premier barnum qui se présente, rejoints une seconde plus tard par Zaïn et Yao. Aoï retire sa capuche puis s'accroupit pour caresser le chien. Job lui lèche la joue.

— Traînons pas, fait Aahcy. Il y en a forcément.

Zaïn essore ses cheveux avec ses doigts. Du regard, il fouille la pièce. Une tente médicale. À gauche, le toit percé laisse l'eau ruisseler sur des brancards, des chaises pliantes, des blouses et des perches à perfusion dispersés un peu partout. À droite, des armoires à pharmacie vitrées courent le long du mur avant de disparaître. Happées par l'ombre du barnum. En face, un sas donne sur l'extérieur. Une lucarne d'où il aperçoit la pluie tambouriner sur les Jeep de l'armée.

— Donnez-moi une minute, dit Zaïn en lâchant le fauteuil.

Déjà, ses doigts survolent les flacons stockés dans des étagères vitrées et ses lèvres murmurent :

— Diazépam, adrénaline, codéine, excellent. On a besoin de médicaments, il ajoute. On a besoin de tout ça. Même une fois à Asram. Il y a de quoi faire ici.

Une bourrasque s'engouffre par le sas, dévie l'eau qui goutte depuis le toit, balaye les poches de chlorure de sodium accrochées aux potences de métal, puis soulève une bâche suspendue au dernier arceau du barnum. Zaïn brise une vitrine. Au fond de la tente, la toile de plastique retombe lentement sur deux yeux luisants dans la demi-pénombre.

Job grogne et l'enfant s'écarte de lui. Aahcy dit :

— Bordel de merde.

Puis l'air se déplace comme après une détonation. Assis dans sa chaise roulante, Yaoru convulse. Ses narines se dilatent. Une salive épaisse afflue dans sa bouche. Aoï lève les yeux sur lui.

Yao claque des dents. L'enfant crie.

À l'autre bout de la tente, la chose avance d'un pas. Lentement, la bâche glisse et découvre son menton, son nez et le sommet de son crâne. Une femme. Pantin d'os et de chair, elle traverse un rayon de lumière pâle qui lui creuse les joues. Rien d'autre ne bouge. Sa tête remue de façon anarchique. Gauche. Gauche. Droite. Haut. Sa langue va et vient entre ses lèvres sèches. Droite.

Bas. Bas. Gauche. Elle a le menton tendu. Ses mains pendent sur son ventre. Ses cheveux blonds hachent son visage. Elle porte une veste de treillis trouée avec un badge épinglé dessus M. NELEP. Elle s'arrête dans un carré d'ombre pour considérer ses proies. Prédatrice, elle attend. Patiente. Penche la tête et fléchit les jambes. Le bon moment. L'ouverture.

Aahcy agrippe la capuche de son fils.

— On y va !

La créature bondit sur Yao. Elle le renverse. Elle lui cogne la tête contre le sol. Une fois. Deux fois. Puis pose ses pieds sur les bras de Yao. S'accroupit et enserre de ses mains sa tête. Elle approche son visage. Elle le renifle. Le sent. La salive et les vers pendent de ses lèvres. Elle glapit. Elle lui mord la bouche et les joues et un sang chaud et gluant emplit la gorge de Yaoru.

Il étouffe. Des milliards de vers coulent de son nez. Sortent de ses oreilles. Grouillent dans sa bouche. Suintent. Et hantent ses entrailles.

Incapable de bouger, il sent les crocs s'enfoncer dans ses joues. Une fois encore.

Mais il n'a pas mal.

Ses yeux se voilent.

Une détonation oblige Nelep à relever la tête. Tout en maintenant sa proie plaquée contre les caillebotis, elle se redresse. Devant l'entrée, Zaïn pointe son arme sur elle. Le canon fume. Zaïn ferme un œil.

La bête délaisse Yao, dont les poumons se gonflent d'air humide.

La soldate prend deux pas d'élan, soudains et brusques. Zaïn tire. La chose tombe, lourde contre le sol. Une boue grise et violette s'écoule de son ventre, où grouillent des tubifex de la taille d'un pouce. Ses jambes sursautent.

Une seconde plus tard, Aahcy repasse le sas dans l'autre sens.

— On a trouvé une voiture. Mais faut y aller. Maintenant ! Il y en a partout.

Zaïn relève son père, quand le cadavre de Nelep ouvre les paupières et allonge le bras. Mais cette fois, Zaïn vise la tête.

Et la cervelle explose en une bouillie moisie.

Deux mètres plus loin, un type en blouse entre par le trou percé dans la tente. Une de ses jambes traîne dans un jean en haillons et, à chacun de ses pas, son pied s'accroche aux lames des caillebotis. Des menottes entravent ses poignets. Il avance le menton levé. Il renifle l'air, le regard verrouillé sur Zaïn, qui pousse le fauteuil en direction de la sortie.

Dehors, les Z sont partout. Il y en a quinze. Vingt. Trente. Ils naviguent entre les bagnoles et les caissons de métal. Leurs yeux blancs brillent à travers la brume. Ils hurlent comme des loups. Prêts à bondir. Et d'autres arrivent encore. Yao les sent. Juste là dans son ventre. Il entend la neige s'écraser sur leur front et leur langue claquer sur les toits, dans les tentes voisines, et résonner jusque dans la forêt. En appelant d'autres. Sa mâchoire s'ouvre et se ferme. L'instinct. La traque. La chasse. La horde l'excite. Il répond à l'appel. Sa langue claque. Son corps grince. Ses articulations bloquent. Son cerveau brûle. Sa sueur sent l'animal malade. Il aboie. Sa tête pivote vers son fils qui recule et arme déjà son bras. La gueule grande ouverte, Yao arque les jambes et lui saute à la gorge. Mais Zaïn anticipe et lui éclate la tempe d'un coup de crosse.

Yao s'écroule. Étendu sous la pluie, il perd conscience.

Les choses crient.

Des flocons perlent dans le ciel.

Lorsqu'il revient à lui, la rage lui vrille la nuque. Il gueule, la langue noyée sous les vers. Ses artères sont gonflées à rompre. Ses tympans se froissent comme deux feuilles d'aluminium. Il est allongé sur la banquette arrière d'un SUV tactique des Brigades antiémeute et englué dans une toile de ceintures de sécurité.

Calé entre les deux sièges de devant, Zaïn le cogne à grands coups de botte. À ses côtés, dressé sur le siège passager, Job aboie sans arrêt. Sur l'autre fauteuil, Aoï hurle de terreur. Blotti contre sa mère, il se balance d'avant en arrière, les mains collées sur les oreilles car, au-dehors, les ongles et les dents des Z raclent les vitres. Leurs visages s'écrasent contre les carreaux et plus un rayon de lumière ne filtre. Leurs grognements sourdent dans l'habitacle.

Zaïn gueule :

— Nom de Dieu, tiens-toi tranquille !

Et après de longues minutes de lutte, il réussit enfin à injecter une solution de diazépam dans l'épaule de son père, dont le cœur hoquète puis s'éteint.

— N'aie pas peur. Avance. Calme. Léger. Viens. Laisse-toi aller.

Les jambes de Zaïn tremblent un peu. Il progresse, seul, au milieu de l'enclos. Il *bouge*, mon père l'a bien formé. La litanie des chasseurs résonne dans la torpeur du ranch. « *Ondule Fluide...* »

Depuis le bord du bassin, les pieds nus posés sur une lamelle d'eau verte eutrophe, je l'encourage.

— Prends ton temps. Lève la tête. Regarde le monde comme si tu en étais l'auteur. C'est le tien. Il t'appartient. Tu es chez toi ici. Tu domines. Tu es le prédateur suprême. Tu es un Kaiju.

Mais Zaïn n'a plus besoin de mes conseils. Il a grandi. Il se débrouille bien. Si bien que je relève mon index de la détente du fusil et déporte le canon de ma paume à mon épaule. Je n'en aurai pas besoin. Les lézards le remarquent à peine. Il est là, comme le ciel est là.

Et ils demeurent indifférents à sa présence comme à celle du sable ou de l'eau.

Un jeune croco se laisse dériver dans la piscine. Ses yeux clignotent, posés à la surface, Rorschach de jaune et de noir. De l'autre côté de l'enclos, étendue sur le sol de poussière, Lucy s'apprête à pondre. Pleine d'une nouvelle sélection Kepler. C'est sa quinzième saison. Et sa treizième ponte. Elle est vieille et magnifique. Huit cents kilos d'écailles régulières aux reflets fauves. Et ce qu'il faut de chair pour tendre la peau. Je la couve d'un regard bienveillant. Elle est ma plus belle création.

Zaïn avance d'un pas. Déroule son bras.

Ma poitrine se gonfle de fierté. Zaïn rapproche sa jambe. Tend le buste.

Excellent.

Au sol, Lucy s'ébroue comme pour le féliciter.

Un court instant, quelque chose passe devant le soleil et Zaïn s'arrête pour lever la tête. *N'aie pas peur. Tu maîtrises.* Assise sur le haut d'une barrière, la silhouette de Bianca se dessine à contre-jour. Elle porte son chapeau de cow-boy et un jean aussi crasseux que s'il avait passé six mois dans la litière de la nurserie. Elle secoue la tête de haut en bas.

— Super. Concentre-toi. Pas de mouvement brusque. Tu y arrives bien. Encore quelques mètres et tu auras traversé l'enclos.

Lucy secoue la tête pour chasser un escadron de mouches qui lui sucent l'humeur des yeux. De la salive et des myriades de nématodes rouges volètent tout autour. Elle grogne. Un râle lui perfore la gorge. Puis elle se met à courir. Elle charge en direction de Zaïn ! Massive et vive. Déplaçant à sa suite un nuage de sable que le vent brûlant pousse jusqu'à moi et qui me ponce la peau. Lucy ouvre la gueule. Ses écailles raclent le ciment. Zaïn panique. Pétrifié de peur. Comme moi le jour où mon père… Bianca gueule en sautant du haut de la coursive pour détourner l'attention de Lucy. Elle vocifère :

— Yao, abats-la !

Mais je ne bouge pas.

Bianca court vers notre fils et hurle plus fort encore :

— Putain mais qu'est-ce que t'attends ? ! Tue-la !

La bestiole fond sur lui. Déjà, elle tord le cou, prête à mordre. Bianca crie. Elle agite les bras. Elle braille :

— Zaïn sauve-toi !

Et, tout à coup, comme si quelqu'un venait de le rallumer, Zaïn s'élance et parvient à se réfugier derrière moi.

Sa peau touche la mienne. Sa voix entre dans mon cerveau. « Papa, tue-la ! » J'épaule le fusil. Vise. Presse la détente. Rien. La culasse grippe. Le mécanisme s'enraye.

Une fraction de seconde, je baisse l'arme, sors la cartouche et en engage une nouvelle. Je relève les yeux, Bianca est blanche. Il lui manque une jambe et sous elle grandit une flaque de sang.

Mon cœur s'arrête.

Faiblement, son cœur recommence à battre.

Petit à petit, Yaoru prend conscience du monde. Ici. Dehors : les autres. Loin maintenant.

La voiture serpente au creux d'une falaise. Les montagnes semblent bleues. Parfois des nuages filandreux comblent la vallée de gris, puis passent. D'autres fois, des trouées de soleil scintillent contre les feuilles humides d'où naissent des arcs-en-ciel.

Le corps entravé par les ceintures de sécurité, Yaoru est allongé sur la banquette arrière d'un SUV tactique de la Brigade antiémeute. Le diazépam le baigne de vapeurs tièdes. Devant lui des râteliers vides tremblent, au-dessus, des sacoches gîtent, suspendues aux appuie-tête. Le plafond et les sièges sont grêlés d'impacts de balle. Les douilles éparpillées sur le sol s'entrechoquent dans les virages. Aahcy conduit les mâchoires serrées. Zaïn est assis sur le siège passager, son arme à la main et Aoï sur ses genoux. Zaïn l'occupe. Il lui enseigne la litanie des Kaijus. Il dit :

— *Ondule Fluide Sans peur Ne sois pas proie Mais prédateur.* C'est toi qui contrôles le monde et pas l'inverse. Si tu répètes cette phrase, tu n'auras plus peur.

Les yeux tournés vers Yaoru, Aoï répète :

— *Ondule Fluide Sans peur Ne sois pas proie Mais prédateur.*

Il est terrifié.

En sortant d'un virage, Aahcy freine. Elle tient une main plaquée contre son flanc. Son visage est blanc.

— Il faut que je m'arrête une seconde, dit-elle en garant la bagnole le long d'un muret de pierre.

— De toute façon, fait Zaïn en quittant la voiture, le diazépam ne va plus faire effet très longtemps. (Une fois à l'extérieur, il ouvre la portière arrière et poursuit en s'adressant à Yao.) Tu vas retourner dans le coffre. Ça sera plus sûr comme ça.

Alors, soutenu par son fils, Yao se traîne jusqu'au coffre, où il s'échoue.

Aoï caresse le chien en les suivant des yeux. Zaïn referme la malle et l'enfant laisse son regard dériver vers les montagnes. Les pentes, les falaises, les vallons. Puis, lentement, il pose son index sur la vitre et dit :

— Regardez ça.

Au bout de son doigt, de l'autre côté de la vallée, coordonnées 44° 7'16.52" nord 3° 34'53.77" est : les antennes satellite de l'ancienne station météo d'Asram apparaissent entre les stratus roses et gris.

— On arrive enfin, fait Aahcy en s'extirpant de la voiture.

Elle passe près de Zaïn qui lui saisit le poignet.

— Est-ce que ça va ?

Sans répondre, elle détache sa paume de son vêtement. Un sang noir gicle de son ventre comme d'un bidon renversé. Une seconde, ils se toisent l'un l'autre, jusqu'à ce que Aahcy dise :

— Je vais voir ce qu'il en est. Je reviens.

Zaïn l'observe disparaître derrière un bloc de pierre où poussent des joubarbes et travaillent des fourmis. Un moment il reste sans bouger, la tête tournée vers l'asphalte. Puis il se résigne à engager un chargeur neuf dans la crosse de son arme. Du plat de la main, il tire la culasse en arrière. Une balle entre la chambre. Aahcy réapparaît. Elle boite un peu. Sa tête oscille de droite à gauche. Zaïn ouvre la bouche le premier. L'index prêt à faire feu.

— Il faut que je sache, commence-t-il. Est-ce que…

Elle le coupe.

— C'est moche mais personne m'a mordue. Rassurez-vous.

— C'est arrivé quand ? demande Zaïn, méfiant.

Aahcy soutient son regard.

— Au check-point. Dans la panique… La cohue. Je me suis empalée sur un morceau de métal.

Zaïn cligne des yeux.

— Je vais conduire. On va vous installer à l'arrière. Venez, je vais vous aider.

Après avoir étendu Aahcy sur la banquette arrière, il se met à fouiller les boîtes à gants et les rangements à la recherche d'une trousse de secours. Tout est vide. Dépité, il tend un chiffon à Aahcy et soupire :

— Prenez ça. Appuyez fort. Ça doit arrêter de couler. En bas, on trouvera une pharmacie et de quoi refermer la plaie. Ça va aller ?

Aahcy se tortille sur son siège en affirmant qu'elle en a vu d'autres.

— Avant, confie-t-elle, j'étais professeure de violon… Les trucs moches, je connais.

— Vous endormez pas, dit encore Zaïn.

Aahcy grelotte.

— OK.

Elle renifle. La mousse de son siège s'enfonce chaque fois qu'elle frissonne. Et sa transpiration rance empeste jusqu'au coffre.

La carabine sur l'épaule, Zaïn vise et tire. C'est la première fois qu'il revient au ranch depuis que sa mère est morte et que les heures sont devenues des années. Les mains agrippées sur la balustrade de la coursive, je l'observe.

La fléchette de tranquillisant fend l'air et se fiche entre les écailles. Zaïn patiente une minute ou deux, le temps que le produit agisse. Il se masse l'épaule, à l'endroit où le recul de la crosse a heurté la peau. Ensuite il traverse l'enclos brûlant, traînant derrière lui une bonbonne d'air sous pression reliée à un pistolet à charge captive. La bouteille sonne contre le ciment lorsqu'il la redresse à quelques centimètres de la gueule de Lucy.

J'ai échoué.

Je tire une flasque de ma poche et avale une gorgée.

Mon fils appuie le tube sur le front du croco. Le souffle de la bestiole s'agite, soulève des grains de poussière. Zaïn saisit la vanne crantée qui surmonte la bouteille, prêt à libérer le gaz, quand il remarque ma présence. Il pose alors la main sur son front, en visière, et tend son visage vers moi.

— C'était l'instinct, dis-je tout à coup. Ça ne se contrôle pas. Elle n'y pouvait rien. Alors que la vengeance… c'est autre chose. C'est différent. On vaut mieux que ça.

Il raille :

— Dit le fou qui cultive une lignée de lézards pour venger son père.

Je serre les dents.

— Ils ont un instinct et nous avons une âme. C'est ce qui nous différencie d'eux. On peut choisir, alors qu'ils ne font qu'obéir.

— Et tu as choisi de sauver le croco plutôt que maman.

Je voudrais lui dire que l'arme s'est enrayée, mais je ne suis plus sûr de rien. « De toute façon, tu la préfères à moi », avait dit Bianca.

Petit à petit, au-dessus de nos têtes se forme une colonne de vautours attirés par la cinquantaine de cadavres qui gisent sur le ciment de l'enclos numéro quatre. Celui des reproducteurs Kepler. Zaïn les a tous abattus. Sans exception. Laissant derrière lui un trou de la taille d'une pièce béant sur leur front. À son âge, j'ai défié les dieux de mon père. Je les ai anéantis. Et aujourd'hui, mon fils massacre les miens.

L'humanité hoquète.

Un rayon de soleil darde entre les plumes des rapaces projetant mon ombre jusqu'à Zaïn. Et l'enveloppant d'une chrysalide grise. Zaïn regarde Lucy. Puis, sans trembler, il ouvre la vanne. Le gaz traverse le tuyau et propulse la tige d'inox à l'intérieur du crâne du saurien. Une seconde, Zaïn contemple le cadavre étendu à ses pieds et lorsqu'il reporte son regard sur moi, j'ai disparu dans les couloirs du ranch.

— Adieu papa, dit-il.

À ma place, ne reste que le ciel. Immense et d'un bleu à couper le souffle. Obstrué par la horde des vautours rassemblés pour le festin.

L'air a la texture des cendres. Les pales des éoliennes occultent le soleil à intervalles réguliers. Un instant, l'ombre recouvre l'habitacle. Puis la lumière revient. Et l'ombre après elle.

Plus bas, dans la vallée, apparaît Fernhorn, une petite ville bâtie dans le lit d'un ancien fleuve qui, aujourd'hui, reprend ses droits.

Dans les rues, les égouts débordent. La crue charrie du bois et du plastique. Le ciel miroite dans l'eau calme. Et c'est comme si la planète entière avait disparu, cédant sa place aux nuages blancs et au bleu céleste. Le royaume des cieux descendu sur terre. Asram, partout.

Zaïn roule doucement. Il se penche sur le volant pour scruter entre les blocs d'immeubles, à la recherche d'une pharmacie. À droite comme à gauche, des ruelles apparaissent puis disparaissent, ponctuées de bâtiments aux façades colorées. Et puis, dans la contre-allée de gauche, un type court. Des gerbes d'eau s'élèvent derrière lui. Zaïn poursuit sa route. Une résidence de vacances passe ; masque le type. Qui reparaît dans la ruelle suivante. Balançant les bras, la gueule ouverte, le visage décharné. Un Z. Zaïn continue. L'armature d'une halle hache le mec en cinémascope. Une détonation éparpille le silence et une volée de plomb fauche le Z en pleine poitrine et le propulse sur le sol couvert de flotte.

Zaïn relâche l'accélérateur. La voiture s'arrête.

Allongé par terre, le Z essaye de se redresser mais un homme approche à toute vitesse, abaisse son fusil pour en éjecter la cartouche. Puis l'attrape par le canon, prend un pas d'élan et envoie un swing de golfeur avec la crosse. La mâchoire, les pommettes et le nez du Z se déforment sous l'impact. Il y a une giclée de sang dans l'air blanc et puis le bruit des os qui craquent.

Zaïn coupe le moteur.

— Ne faites aucun bruit. Ne bougez même pas.

De l'autre côté de la place, l'homme au fusil vocifère en pointant son doigt vers le macchabée. Sa voix porte sous la halle et dans les rues vides.

— Waouu ! Tu croyais vraiment que tu pouvais t'enfuir ? Écoute ça, fils de pute, y a pas de place pour les gens comme toi sur cette putain de planète !

Tout en criant, l'homme au fusil écarte les bras et tourne sur lui-même à la façon d'un joueur célébrant un but. À ses pieds, le corps tressaute et transforme la surface du fleuve en un milliard d'éclats de soleil. L'eau se ride et de petites vagues déferlent jusqu'aux pneus du SUV, pendant que l'autre continue, tonitruant.

— Et te revoilà ! C'est ce que j'admire le plus chez vous. Vous êtes coriaces. T'as de la chance qu'Adam te veuille vivant. Enfin, vivant… façon de parler !

Puis il siffle et braille :

— Lip, So, amenez-vous ! Je l'ai eu cet enfoiré !

Quelques secondes plus tard, un pick-up rouge entre sur la place en marche arrière, la benne équipée de cages de transport pour clébards. La bagnole s'arrête. Les portières claquent. Un mec et une nana en descendent, armés d'aiguillons à bestiaux. Ils rejoignent le golfeur. Un instant ils considèrent le type étendu par terre en se grattant le front. Ils échangent quelques mots. Rigolent. Puis se penchent sur le cadavre pour lui faire griller la peau à coups d'aiguillon électrique. Ensuite ils l'empoignent et le hissent dans une des cages.

Zaïn attend que les deux types et la fille regagnent leur voiture pour dire :

— Restons là encore un moment. Je ne tiens pas à rencontrer ces gens.

Dans la contre-allée, le pick-up s'éloigne puis disparaît. Musique plein pot. Zaïn ouvre la fenêtre. Il pose sa langue sur sa lèvre et tend l'oreille jusqu'à n'entendre plus que le claquement des ailes des cormorans.

L'eau du fleuve s'étire sous les pneus. Des magasins de meubles succèdent à des concessionnaires auto.

Sur des hectares inondés s'étendent des préfabriqués. Le ressac lime les vitrines. Ici et là des animaux au pelage mouillé cherchent un coin de tôle chaude pour sécher. Plus loin, la croix verte d'une pharmacie flotte devant l'entrée d'un centre commercial.

Zaïn s'engage sur le parking. Il navigue entre les empilements de chariots, les palettes et les débris calcinés, pour stationner sur une place réservée au personnel. Puis il descend du SUV, pose ses mains sur le toit et passe la tête dans l'habitacle pour s'adresser à Aoï.

— Verrouille les portes. Veille sur ta mère. Au moindre problème tu klaxonnes.

Ensuite il se tourne vers Job.

— Reste avec lui.

Les paupières closes, Aahcy feint de rire.

— Vous en faites pas. Je vais bien.

Zaïn est entré dans le centre commercial depuis quelques minutes quand un oiseau se pose sur le capot de la voiture. Un pluvier jaune et noir semblable à ceux qui épouillent les crocos. Aoï l'observe sautiller sur le métal et susurre :

— Maman, regarde.

Aahcy remue sur son siège en râlant. L'animal s'envole. Aahcy se dresse sur un coude pour apercevoir son fils et lui souffler :

— Bientôt on va rejoindre Asram et tout redeviendra comme avant.

Aoï ouvre le pare-soleil.

— Je suis pas sûr d'avoir envie que tout redevienne comme avant.

— Qu'est-ce que tu racontes ? On peut pas vivre comme ça. Traqués comme des animaux.

Aoï referme le pare-soleil et dit :

— Papa et toi vous vous disputiez tout le temps.

— Tu exagères.

Aoï lève les épaules, joue de nouveau avec le pare-soleil en réfléchissant à voix haute.

— Si on reprend notre vie d'avant, tout ça recommencera, non ? Et un jour ou l'autre, d'autres monstres viendront.

Il laisse passer quelques secondes pour ménager son effet et lâche, plein de provocation, du haut de ses douze ans :

— De toute façon, j'aimais pas notre vie d'avant.

Aucun son. Aucune réponse. Alors Aoï appelle :

— Maman ?

Et sa voix se charge de peur lorsqu'il répète :

— Maman ?

Mais sa mère ne parle plus. Aoï panique. Il klaxonne, s'affole. Il crie : « Zaïn ! », et quitte la voiture en courant, suivi par Job. Le fleuve avale leurs jambes. Puis le centre commercial les avale tout entier.

Les minutes s'égrènent dans le silence de l'eau. Jusqu'à ce qu'un bruit de moteur résonne dans le lointain. À l'endroit où les nuages et le fleuve se rencontrent, le pick-up rouge approche.

« *What are they doing in heaven today where sin and sorrow are all done away, peace abounds like a river they say…* »

Je charge la charrette de peaux et de poudre d'os. Prépare du petit bois et de quoi cuisiner. Puis je tends la toile du barnum au-dessus dc la carriole et déplie la banderole BROCHETTES DE CROCO FAÇON KAIJU, avant de glisser les timons lustrés sous mes aisselles et de me mettre en route. Comme chaque semaine. On est mardi, jour de marché à Reta.

« *What are they doing there now ?* »

Traînant mon chariot derrière moi, je traverse la ville. Reta est infestée de rats et de meutes de chiens errants. Pleine d'un sable qui se dépose partout. Et qui recouvre tout. Usée par les assauts sans fin du désert.

Mes épaules vibrent lorsque je bifurque dans la rue pavée qui mène sur la grand-place. Autour de moi, des bâtiments décatis construits sur deux étages se succèdent de façon anarchique dans un dédale de trottoirs. Un labyrinthe de culs-de-sac avec du linge pendu en travers des rues. Des rez-de-chaussée enluminés de symboles chamaniques et de bibelots vaudous. Partout, des articles en croco. Dents. Os. Peaux.

Nous sommes devenus folkloriques. Les reliques d'une époque où les dieux dictaient leurs lois, où les chamans régnaient sur le Rauc et où l'on rêvait ouvertement d'Asram. Nos vies étaient des coquilles peuplées de démons et de craintes.

Un temps révolu.

Aujourd'hui nos vies sont des coquilles vides, qu'il nous appartient de remplir. Jusqu'au débordement. J'installe mon étal en pensant au temps qui passe, au monde qui change. J'allume un fétu de paille que je glisse dans le foyer. J'attise le feu. J'ajoute une petite bûche sous le regard d'une famille de touristes. Impatients de goûter l'authentique sauce Kaiju. Je suis dans tous les guides. L'attraction si vous visitez le delta de la Bez.

La couenne rosit sur la fonte chaude. Je retourne la brochette qui caramélise au contact du brasier. Je transpire. De grosses gouttes salines dégoulinent de mes arcades, tombent, puis s'évaporent en crépitant sur le rebord des fourneaux brûlants. De l'autre côté du stand, les gens font la queue en agitant des éventails.

Autant contre la chaleur que contre les mouches. Certains me prennent en photo. Je suis une relique. Un animal dans un zoo. Croco dans mon propre ranch.

J'arrose les brochettes d'un filet d'alcool que le feu transforme en flammes bleues. J'avale une petite goulée. Inspire lorsque le liquide passe ma gorge. Je suis vieux et fatigué.

Machinalement, j'écrase une microscopique sangsue rouge qui danse, la gueule accrochée sur un morceau de viande. Ces temps-ci, j'en vois de moins en moins. Peut-être que je n'y prête plus attention.

Cela fait bientôt cinq ans que Bianca est morte. Cinq ans que Zaïn est parti. Cinq ans que Jeanne est retournée dans la baie. Et cinq ans que je vis seul. Je n'arrive même plus à me mentir. Je vois Bianca la nuit, comme je voyais ma mère. Elle me parle doucement. Son fantôme hante mon existence.

Jour après jour après jour, je me rapproche de la position exacte où je ne voulais pas me trouver. Celle de mon père. Je dérive au gré du temps, me laissant porter le long du sillon déjà tracé. Kaijus déchus de pères en fils. Les travaux du ranch m'occupent, m'usent à m'en voiler les os. Je suis un personnage oublié dans une histoire contée par un ventriloque bègue.

Je verse des grattons de viande dans un cornet de papier, qui s'imbibe instantanément de gras, et le tends à une jeune femme à la peau noircie de soleil.

— Merci.

J'acquiesce pendant qu'elle parcourt l'affiche qui orne mon stand.

EXCURSION VISITE GUIDÉE DU PALUDE SAFARI

Elle demande :

— Vous êtes le fils du Kaiju ?

Je la regarde sans bouger ni même répondre. Elle me tend la main, mais je ne la serre pas.

— Il sait que vous faites du bayou un parc d'attractions ? demande-t-elle

— Allez-vous-en.

— Vous valez mieux que ça. Mieux que ce cirque. Vous avez vécu dans les marais. Vous savez ce que c'est… Merde c'est vivant !

— C'était…

— Ça peut encore changer. La nature est forte. Elle n'est pas morte. Elle attend juste sagement qu'on ait quitté la scène pour reconstruire quelque chose de plus grand. Écoutez, continue-t-elle, je suis militante pour la fondation F2A. On a besoin d'une figure comme vous. Une voix qui porte. Vous pouvez faire plus que ça.

Elle désigne d'un mouvement le reste de la place du marché. Je ne dis rien mais j'observe ce qu'elle me montre : les forains qui s'affairent. Des éleveurs de moutons, de serpents, de poissons ou d'abeilles.

Des cultivateurs qui mettent des plantes en pots ou sèment des champs. Des pêcheurs qui confectionnent des sushis. L'agriculture s'est développée à travers le pays, entraînant la chute des dieux. En créant le ranch, nous avons ouvert une voie. Nous avons changé le monde et nous avons changé avec lui.

La fille devant moi continue son racolage et mon regard passe sur elle avant d'aller se poser sur la partie du marché où se côtoient montreurs d'ours, dealeurs de Mô, de K et de crack, marchands d'esclaves et de sommeil, négociants en terres rares, en pétrole, connards et trolls, vendeurs d'armes et d'eau, salauds, prêcheurs, assassins, déforesteurs, miliciens, orpailleurs, influenceurs, arnaqueurs, démarcheurs, hommes de main, hommes de paille, complotistes et artistes.

Et entre leurs stands, la foule fait son marché, va et vient en souriant. Les mains profondément enfoncées dans les poches.

Voilà notre monde. Le monde dans lequel je vis, le monde que j'ai créé. Et je n'ose plus bouger, de peur de le détraquer davantage. Je me laisse porter. Et j'attends.

— Gardez la monnaie, conclut la militante en avalant une croquette de viande grillée. Mais l'humanité…

Quelqu'un la bouscule, l'empêchant de terminer sa phrase. Au loin, un mouvement de foule attire notre attention. Des rumeurs s'élèvent aux quatre coins de la place. Je n'en saisis que des bribes, mais « chaman », « Tahat » et « temple » reviennent souvent.

En un instant, les rues se vident. La foule marche en direction du temple. L'index, le majeur et le pouce joints, levés en direction du ciel. Chuchotant d'une même voix : « *An Edjh Dlia Dja.* »

Abandonnant mon stand, je me mêle au monde et le suis jusqu'à la lisière de la ville.

Là-bas, la foule s'étale. Liquide, elle encercle le bâtiment. Silencieuse. Les yeux plissés dans le soleil. Une main posée sur le front. L'autre dressée en l'honneur des sept sauriens pendus aux portes du temple. Sept crocos pour les sept jours qui nous séparent du début de la Tahat.

La foule s'incline, en une chorégraphie impeccable, car un prêtre vient d'entrer sur l'échafaud. Il y progresse à petits pas pressés, chaussé de mocassins en lézard, moulé dans un pantalon violet, affublé d'une chemise jaune bouffante. Il est chauve, à l'exception d'une queue-de-cheval qui pend sur l'arrière de son crâne et caresse son cou. Des plumes et des os balancent sous ses oreilles. Son visage donne l'impression qu'il s'est injecté de la mousse expansive sous la peau. Sa bouche bouge à peine lorsqu'il bénit la foule d'un « *An Edjh Dlia Fout Bok Fout* » tonique. Des essaims de mouches vrombissent dans le vent brûlant.

La militante de la F2A se poste à ma hauteur. Un instant, elle observe les crocos, puis verse un peu d'eau dans sa main avant de la presser contre son visage.

Je quitte le temple. Je marche à travers Reta. Et je bois jusqu'à oublier. Jusqu'à m'écrouler. Jusqu'à devenir mon père. Jusqu'au néant et à la fin du monde.

Le pick-up rouge s'arrête à quelques mètres du SUV.

La fille descend la première. Le golfeur la suit, son fusil en équilibre sur l'épaule, le poignet cassé sur la crosse. Il a les cheveux domptés à la gomina et son jogging noir à bande jaune traîne dans l'eau. So mâche du chewing-gum, les mains enfoncées dans les poches d'une salopette en jean coupée en short. Elle porte un collier de dents et des phalanges humaines en guise de boucles d'oreilles. Elle passe la tête par la portière passager qu'Aoï a laissée ouverte en s'enfuyant et dit :

— Génial, une gonzesse.

Le golfeur sourit.

— Si tu te sens seule, So, faut le dire, Lip et moi on peut t'aider.

So lui adresse un doigt d'honneur, pendant que le second type quitte la bagnole en chantonnant : « Ici on fume des Z comme le Zodiac. Pas besoin d'aide, on est maniaques. On baise des Z comme des bonnes chattes. Y a pas d'remède juste des coups d'latte. On est les rois d'ce bled. On est les rois d'la batte. Y a rien d'autre à faire alors autant t'y faire. Ici c'est l'enfer. »

Seul son buste dépasse au-dessus du capot, sur lequel il fait crisser son aiguillon à bestiaux. Il a des joues de junkie, une chemise à fleurs ouverte sur un torse rachitique et des dents minuscules. Il se penche sur Aahcy pour vérifier son pouls.

— Elle est morte, dit-il. Mais elle est encore chaude. On a qu'à la faire mordre par celui qui est dans la cage. Comme ça on ramènera deux Z.

— Finalement, fait la fille en attrapant les pieds d'Aahcy, ça sera une bonne journée. Adam nous en donnera un bon prix.

— Surtout si on chope l'autre, intervient le golfeur. Les vivants se font rares.

Ils extirpent Aahcy du SUV et la traînent jusqu'à leur pick-up où, enfermé dans la cage, le Z s'agite.

— Tout doux… fait le junkie. On va te la donner, t'inquiète pas. Merde, ils sont pires que des clébards.

So et Lip soulèvent Aahcy par les aisselles. Ils la maintiennent debout pendant que le golfeur lui appuie la tête entre les barreaux de la cage. Le Z se rue sur elle. Il mord tout ce qu'il peut mordre. So et Lip relâchent leur prise. Le corps d'Aahcy s'affale dans l'eau, s'enfonce, puis remonte. Elle flotte sur le dos. Elle dérive entourée d'un halo rouge.

— Ça va aller vite, annonce le golfeur. Avec les morts déjà morts, ça va toujours plus vite.

Après quelques minutes, Aahcy déplie ses paupières comme un papillon ses ailes après la mue. Son regard est vide et blanc. Elle pousse un beuglement de bête. Elle tente de se mettre debout, mais So lui envoie un puissant coup de pied dans le flanc. À quatre pattes, Aahcy crache des vers dans le reflet de ciel qui lui sert de sol. Puis le golfeur se poste au-dessus d'elle. Il appuie son arme sur le sommet de son crâne. Fort. Presse le canon jusqu'à lui plonger la tête sous l'eau. Aahcy se débat sans parvenir à respirer. Il la noie. Puis du bout du pied, il la retourne et la regarde revenir à elle.

— Bienvenue dans ce monde, merde, fait le golfeur, avant de s'adresser à Lip et So. OK, on l'embarque et on attend que l'autre sorte. Une Z et un humain : bonne pioche.

Pendant que la fille et le junkie chargent Aahcy dans la seconde cage du pick-up, le golfeur se dirige vers le centre commercial pour se poster à droite de l'entrée. Là, il s'appuie contre le mur. Il se ronge un ongle, qu'il expédie dans l'eau, quand les autres le rejoignent. Ils patientent en discutant le bout de gras, jusqu'à ce que le golfeur lève l'index.

— Chuuuuut.

Une voix s'échappe du bâtiment. Elle parle vite, elle bégaie.

— Elle… elle bouge plus. Elle… elle respire même plus. Je crois qu'elle est morte.

Lip et les autres attendent de chaque côté de l'ouverture. Un à droite. Deux à gauche. Les doigts crispés sur leurs armes. Job sort le premier. Il se faufile entre les vestiges des portes. Puis Zaïn les franchit à son tour, les bras chargés de sacs de papier. Il fait un pas dehors et le golfeur lui expédie un coup de crosse dans l'estomac. Zaïn s'écroule. Il tombe à genoux. Ses paquets s'éparpillent dans l'eau. Des cachets d'antibiotiques, des tubes de colle tissulaire et des sachets de compresses flottent une seconde avant de disparaître dans le fleuve.

Zaïn tousse et crache un filet de sang, pendant que Job essaie de mordre So. Mais la fille esquive d'un pas de côté. Et le golfeur grince : « Couché ! », en ouvrant le feu. La balle manque sa cible et Job détale.

Les deux types regardent le chien déguerpir pendant que So s'accroupit à bonne distance de Zaïn pour lui demander :

— Alors ? Raconte-nous. C'est quoi ton histoire ? T'es là pour Asram ?

Sans lui laisser le temps de répondre, le junkie abat son aiguillon électrique sur la nuque de Zaïn. Le courant lui grille la peau. L'épiderme fume et ses muscles se tendent à rompre.

L'autre relâche la gâchette. Zaïn retombe dans le fleuve, il tend la main pour demander une trêve.

— Attendez !

Le golfeur pose son fusil sur ses épaules. Il fait pendre ses mains dessus et change de jambe d'appui puis soupire :

— Vas-y, on t'écoute.

Zaïn éructe et essaie de retrouver son souffle.

— On a entendu le message à la radio. Le professeur Udie. Il a un remède. On vient pour ça. Oui. Pour Asram. Pour le message. Pour l'antidote. Il est juste là. À l'ancienne station météo. Juste là.

So et Lip rigolent. Le golfeur gonfle ses joues et crache en direction de la montagne.

— Un remède, sans déconner ?

— Oui. Oui, un remède. De quoi soigner les gens.

— Quel foutu connard, celui-là, fait le golfeur. Les Z possèdent la plus belle chose qui soit, la plus précieuse. (Du doigt, il montre la cage où les deux cadavres troussent les babines.) Et lui, ce foutu connard, il cherche à la leur reprendre. C'est chez ce type que vous allez ?

So envoie des coups de pied dans l'eau pour éclabousser Zaïn, pendant qu'à l'autre bout du bâtiment, discrètement, Aoï ouvre une lucarne de service.

— De quoi tu parles ? demande Zaïn. Qu'est-ce qui est précieux chez eux ?

So s'éloigne et sort les mains de ses poches pour les crocheter aux bretelles de sa salopette.

— Ils sont immortels, elle dit. Adam essaie de comprendre pourquoi. Et nous on travaille pour Adam. Il veut nous rendre immortels nous aussi. Eux, là-haut, ils comprennent rien. Ils pensent que les Z sont une malédiction, alors qu'ils sont un cadeau. Les Z sont l'avenir de l'humanité. L'évolution ultime de notre espèce !

Aoï passe par la lucarne. Il s'arrête sur le seuil et se penche pour regarder le fleuve. Deux mètres plus bas. Il rentre la tête. Des voix lui parviennent depuis l'entrée. Il se penche de nouveau, aperçoit le pick-up à droite. Alors il pose sa langue sur sa lèvre, s'assoit sur le rebord de la fenêtre et récite : « *Ondule Fluide Sans peur*... » Ensuite, il se tourne, agrippe les montants, « *Ne sois pas proie* », descend ses pieds et se suspend à la margelle avant de se laisser tomber dans l'eau, « *Mais prédateur* ».

— Laissez-nous partir, dit Zaïn. La femme dans la voiture et moi. Laissez-nous.

— Je peux pas faire ça, grimace le golfeur. Adam aime bien recevoir des invités.

— Ouais, confirme le junkie.

— Tu sais, fait le golfeur en se curant une oreille. Ils ont réussi. À Asram. Ils ont réussi à rendre humain un Z et à lui reprendre son immortalité...

Un remède. Le golfeur continue :

— ... Ils ont réussi une fois. Une seule fois. C'était avec un de leurs collègues. Il s'était fait mordre par un militaire qui s'était fait mordre par... Enfin bref, c'était Adam. Il a vu le pouvoir des Z. Il sait ce que c'est. Il dit qu'avec ça, l'humanité sera hors de danger. Pour toujours. On pourra marcher dans des volcans sans mourir.

Voyager dans l'espace sans contrainte. Le temps sera aboli. Et avec lui la souffrance et la peur. On sera libres.

— On sera des dieux, mec, fait Lip.

— Laissez-nous partir, ils pourront la soigner, s'il vous plaît, implore Zaïn.

— Tu n'écoutes rien, s'emporte le golfeur. Je te parle de régner sur l'univers ! D'un monde à visage humain. Enfin ! On pourra vivre sous l'eau ou en haut des montagnes. Partout. Il n'y aura plus d'endroits hostiles. On ne connaîtra ni la faim ni la soif ni le froid. On pourra vivre sans se préoccuper de tout ça.

Sans un bruit, Aoï a rejoint l'entrée du bâtiment. Accroupi sous le pick-up rouge, à présent il fait coulisser le taquet de la porte de la cage. L'acier grince mais personne n'y prête attention.

— Si tu deviens un dieu, tu pourras tout avoir, tente Zaïn. Tout.

— Crois-moi, je ne pense qu'à ça, rigole So.

— Si tu as tout, tu ne désireras plus rien. Et ne pas avoir de désir, c'est déjà mourir.

Le golfeur écrase le talon de sa chaussure sur le front de Zaïn.

— Ferme-la ! Qu'est-ce que c'est que ces conneries ? Tu crois qu'être immortel ça m'empêchera de bander ? Tu…

La porte du chenil s'ouvre en claquant. Le junkie sursaute. Lentement, Aahcy quitte sa cage, bientôt suivie par l'autre zombie, qui rugit.

— Qu'est-ce que c'est que ce bordel ? demande le golfeur en repérant Aoï. Et d'où tu sors toi ?

Recroquevillé sous la bagnole, Aoï voit les jambes des Z plonger dans l'eau. Il ferme les yeux. Il récite la litanie sans tenir compte des monstres ni des yeux des autres qui le fusillent. « *Ondule Fluide Sans peur Ne sois pas proie Mais prédateur Ondule Fluide Sans peur Ne sois pas proie Mais...* »

Le nez pointé vers le ciel, Aahcy hume l'air. Elle sent la présence de son fils. Elle sent le stress qui se dégage de ses aisselles. Il précipite vers son estomac. Il l'appelle. Elle se penche, mais le junkie gueule :

— Approchez, saloperies de bestioles !

Aahcy tourne la tête vers lui.

— Ouais c'est ça, continue l'autre en cognant son aiguillon dans le creux de sa main. Amenez-vous !

— Allez ! Viens là, salope ! Fais pas ta timide, renchérit le golfeur. Approche ma grande !

Acculés contre le mur du centre commercial, ils n'ont aucune chance. En une fraction de seconde, les doigts d'Aahcy enserrent le visage du golfeur et ses pieds se collent à ses hanches. L'élan les propulse à terre, où ses dents arrachent un morceau de joue et ses ongles s'enfoncent sous la peau. À côté d'eux, So et Lip ne bougent pas. Ils sont déjà morts. L'autre Z est sur eux. Déchiquetant, lui aussi, la chair, feulant, la gorge pleine de sang. Le fleuve devient poisseux.

Aoï rejoint la bagnole et verrouille la portière. Une seconde plus tard, Zaïn se hisse derrière le volant et verrouille lui aussi sa portière. Pendant un long moment, il n'y a rien d'autre que leur respiration saccadée et les sanglots d'Aoï. Pourtant, c'est lui qui parle le premier.

— Allons-y, dit-il en reniflant. S'ils ont réellement un remède, on la retrouvera. Et on la ramènera. Et on ramènera tous les autres. Et tout sera comme avant.

Un vent brûlant accule le sable contre les murs du ranch, formant des dunes qui recouvrent les graffitis carbonisés par deux décennies de soleil.

J'accroche la pancarte à l'intérieur de la guérite.

OUVERT

RANCH KEPLER

VISITE ET SAFARI

Puis, je m'assois sur le vieux fauteuil en soufflant. Les mains croisées sur le ventre. Le regard perdu dans le désert incandescent.

J'attends la matinée entière. Sans que personne ne vienne.

Les premiers touristes arrivent tard l'après-midi. Ils s'installent dans les wagons de queue, s'enduisent les bras de lotion antimoustique, pendant que je remplis le réservoir.

La guerre est finie, ça ne fait plus aucun doute. Nous avons gagné. La nature est devenue un vestige.

Un patrimoine qu'on visite avec un ticket entre les doigts. On l'humilie. On a fait d'elle un putain de parc à thème !

Je repose le jerrican sous le porche du ranch, passe près des wagons pour tendre les chaînettes devant les entrées et m'installe au volant de la locomotive. J'allume le contact. Le moteur tousse. Le pot d'échappement vomit. Je passe la vitesse, attrape le micro et dis :

— Mesdames et messieurs, merci d'avoir pris place à bord de notre train à destination du bayou. Nous vous rappelons qu'il est interdit de descendre pendant la visite.

J'enclenche le magnétophone et prends le chemin qui mène aux marais. La visite dure une heure. Les gens contemplent le paysage à travers une application de réalité virtuelle qui recrée le palude tel qu'il était autrefois. Vert. Luxuriant. Couvert d'une eau crasseuse et opaque, au-dessus de laquelle l'usnée décorait de mousse les branches basses et les lianes. Ses berges creusées de galeries de ragondins abritaient alors des araignées à tête plate, des hiboux et un fouillis de racines noueuses. Les plantes traçaient des chemins labyrinthiques. Le soleil était tendre. L'air sentait le pourri et la vase et la vie. Les moustiques vous harcelaient du matin au soir. Dès le lever du jour, les mouches vrombissaient. Et, blottis sous l'ombre verte, les sauriens régnaient. Depuis les espèces s'éteignent peu à peu. Fragiles comme des bougies dans la tempête.

Mon dos craque lorsque je descends du train. Les ressorts du fauteuil sont fatigués et trop durs. Les touristes quittent les wagons en hochant la tête. Contents. Je leur souris, en nettoyant la bouillie d'insectes et de feuilles qui macule le pare-brise.

— Merci d'être venus. Rentrez bien.

Certains achètent des bricoles. Des peaux de lézard, des dents en porte-clefs, des peluches alligators…

Après leur départ, je scrute le maigre trait qui sépare la terre du ciel, puis tourne le panneau : FERMÉ. C'est alors que je le vois, précisément là, suspendu à mi-chemin entre les cieux et le désert. Le long de la route qui monte vers le Cyresck.

Je ne le vois pas distinctement, mais je suis certain que c'est lui.

Lorsque j'arrive, la bagnole est encastrée dans un poteau électrique. Le reflet du soleil dans le pare-brise m'empêche de distinguer l'intérieur de l'habitacle. Mais je devine malgré tout une silhouette chétive. Immobile. Bleuie par le miroitement de l'ozone sur la vitre. Je fais un pas de côté et mon père apparaît, la main déformée, serrée sur le volant.

Son fusil est allongé sur le siège passager.

J'ouvre la portière et, lentement, son visage se tourne vers moi.

Il est ivre mort.

Sans un mot, je monte sur le marchepied et entre. La voiture empeste l'alcool et la charogne. Je referme derrière moi. J'ôte la balle de la chambre, abaisse le chien et dépose l'arme sur la banquette arrière. Ensuite, j'ouvre la fenêtre en grand avant de réussir à l'observer enfin. Il cligne des yeux sans que son regard semble attraper quoi que ce soit de précis. Puis il se penche sur moi, passe son bras autour de mes épaules, appuie son moignon contre ma nuque, m'obligeant à poser mon front contre le sien.

La voix chevrotante et pleine d'un mucus visqueux, il délire.

— Dis-moi la vérité. Est-ce que je suis en enfer ?

Je me dégage de son étreinte. Ses pupilles cherchent les miennes.

— J'ai l'impression de tourner en rond, gémit-il. De chercher en vain le chemin qui me mènera à Asram. Alors, je me dis que je dois être au purgatoire. Assailli par les frelons, les guêpes et les vers, me dévorant les pieds. Traqué comme une bête.

Je soupire.

— Ce n'est ni l'enfer ni le paradis. C'est simplement ta vie.

— Tu crois que je trouverai le chemin qui mène à Asram ?

Je mens :

— J'en suis sûr. Tu étais censé arrêter de boire.

— À quoi bon ? Puisqu'à la fin, elle gagne toujours, alors pourquoi continuer à jouer ? On ne peut rien contre ça. À quoi est-ce que ça sert ? Pourquoi lutter ? Autant en finir le plus vite possible.

Je n'ai pas de réponse. Mais je dis :

— Pour toi.

J'ajoute :

— Pour moi.

Au-delà du pare-brise fendu, l'onde brûlante du désert grignote la ferme. Arrivant du sud, une rafale fait crépiter de minuscules cailloux contre la carrosserie et l'horizon se bouche d'un nuage granuleux. Monstrueux jusqu'à assombrir le ciel.

En un instant, la tempête de sable avale la bagnole. La silice grésille contre le capot. Le sable stridule en percutant les vitres. Et le monde disparaît.

Mon père lâche :

— Millan m'a dit que Zaïn était parti.

Par la fenêtre, je regarde le nuage qui se déforme au contact de la carlingue. Qui évolue. Bouge et se module en un test de Rorschach ocre et brumeux. *Zaïn avale le croco qui avale sa mère qui avale le monde qui avale Zaïn.* Je secoue la tête.

— Je crois qu'il est à Poghorn.

— Il reviendra.

— J'en doute.

— Il reviendra. Tu es bien revenu, toi.

Il regarde le pare-brise tamiser le brouillard pour laisser se déposer une poussière rouge sur le plastique du tableau de bord.

— Je crois qu'on en a pour un moment.

J'acquiesce. Des années qu'on ne s'est pas parlé. Par où commencer ?

Chapitre V

La horde

« Notre horde descendait des sauriens. Notre peau était aussi dure que la leur. Nous partagions les mêmes berges. Les mêmes proies. Nous vivions et chassions côte à côte. À cette époque, les marais étaient une ville grouillante. Roches. Animaux. Plantes. Tourbe et eau. Nous étions là, ensemble. Nous nous parlions. Nous nous écoutions. Nous nous comprenions.

Comme souvent à cette période de l'année, il pleuvait. L'eau des marais montait. Elle inondait les terres devenues torrents. Les plantes crevaient à cause de la moisissure. La boue collait à nos pieds nus. J'avais suivi mon père et le reste de la horde jusqu'à une caverne. Hors de portée du palude. À l'est. Du côté de Grand C. J'avais dix ans. Je mordillais des tiges de canne pour me faire les dents. D'autres mômes, les plus grands, capturaient les blattes qui rampaient sur la pierre et s'en nourrissaient, ou bien lapaient un peu d'eau déposée à la surface d'une fougère. Je les imitais. Le reste de la horde nous surveillait du coin de l'œil, une oreille dressée en direction du rideau de pluie qui obstruait l'entrée, dans l'attente du retour des chasseuses.

Elles sont arrivées tard. Elles ont traversé l'averse, traînant derrière elles notre repas. Quatre ragondins. En entrant dans la grotte, elles se sont ébrouées et l'une d'elles s'est approchée de moi pour me lécher le front. Elle sentait la jungle. Son haleine la charogne. Ses seins pendaient sur son ventre. Des poils couvraient son entrejambe, l'intérieur de ses cuisses, ses mollets et ses bras. Son visage osseux et tendre s'est approché encore mais pour me mordre l'oreille cette fois. Sa gorge a grogné. Ses cheveux humides ont chatouillé mon ventre rond. J'ai enfoui mon nez sous ses aisselles velues, collées par la sueur et les hormones.

Ma mère.

Le bruit des bouches suçotant les muscles chuchotait dans la caverne. Par-delà la montagne, la pluie ne cessait pas. Bientôt, des ragondins, il n'est rien resté.

Les enfants ne bougeaient plus. La plupart dormait. Moi aussi. J'avais posé ma tête sur l'épaule de mon père et remonté mes jambes contre ma poitrine pour me prémunir de la fraîcheur de la grotte.

Les yeux pleins de sommeil, j'ai levé une paupière. Des lucioles dansaient dans l'air. Jaunes à travers le rideau de pluie. Puis les insectes se sont mués en rayons de soleil. Plusieurs adultes ont râlé d'un son rauque et lent. Un avertissement lancé aux visiteurs autant qu'au reste de la horde.

Mais les intrus sont entrés. Ils portaient des peaux colorées sur leur peau blanche et glabre. Ils n'avaient pas de cheveux et leurs dents étaient pointues. Ils tenaient en main des bâtons illuminant la caverne de faisceaux dorés, divisant le monde entre lumière et ténèbres. Ils étaient peu, mais leur présence inspirait la curiosité, la terreur et l'envie. Car ils nous ressemblaient, bien plus que les crocos, les pierres ou la pluie. Bien plus que tout ce qui vivait dans les marais. Différents et semblables à la fois : les chamans.

C'était la première fois que nous les rencontrions et, pas à pas, ils ont pris possession de la grotte. Allumant des soleils d'artifice sur le sol. Bougeant par gestes lents et mécaniques. Communiquant entre eux grâce à un arsenal de sonorités riche et diversifié. Acculés dans le fond de notre caverne, nous étions ébahis.

Dehors, la pluie a fini par cesser. Et les chamans sont repartis, nous laissant des lampes, des armes, des barres chocolatées et des médicaments. Des objets inconnus et inutiles que chaque membre de notre communauté rêvait de posséder, autant qu'il tremblait à l'idée de ne pas les posséder. Et de rester dans l'ombre de la grotte pour toujours.

Nous étions une horde et, en une nuit, nous sommes devenus autre chose.

Par la suite, les chamans nous ont apporté continuellement de nouveaux objets, de nouveaux savoirs. Nous, gamins, sommes devenus friands de chocolat et de sucre. Grâce aux armes, les adultes ont chassé de plus en plus de gibier. Ne prélevant que les parties les plus tendres. Laissant aux marais les carcasses. Les têtes et les oreilles. Attirant de plus en plus de mouches, de frelons et de guêpes.

À force de les côtoyer, nous avons appris leur langue et nous avons pu communiquer. Ils nous ont enseigné comment discriminer les plantes, les insectes et les nuages. Nous les écoutions, élèves studieux.

Les palétuviers étaient en fleur le jour où ils nous ont réunis sur les berges de ce qui deviendrait Reta. Le soleil moite faisait tourner les têtes. D'ordinaire, personne ne s'aventurait hors du couvert des marais. Ici tout était trop chaud. Brûlant à vous décoller la peau. Pourtant, c'est là qu'ils ont dressé une table, derrière laquelle un type s'est assis. D'immenses lunettes noires et rondes dissimulaient une partie de son visage. Ses lèvres étaient peintes de bleu, ses mains recouvertes de tatouages sombres.

De l'autre côté de la table, les membres de la horde patientaient en file indienne.

Devant moi, une femme a hoché la tête. Le chaman a chuchoté des mots que je n'ai pas compris. Puis la femme a disparu dans une tente, accompagnée par une créature portant un masque au sommet pointu.

Ma nuque me démangeait à cause du soleil mais je n'osais pas me gratter. Je n'ai même pas osé bouger lorsque, depuis son bureau, le chaman aux lunettes m'a fait signe d'approcher de ses doigts crochus.

— Viens.

J'ai avancé. Mon ombre s'est étalée sur la table. Le type s'est redressé et mon visage s'est reflété dans le miroir de ses lunettes. Il a dit :

— À partir de maintenant, tu réponds au nom de Xuan. C'est comme ça que tu te nommes. Xuan.

J'ai hoché la tête sans comprendre.

Le chaman a approuvé.

— Bien. Xuan. Tu peux passer dans la tente. Les alchimistes vont t'ausculter.

D'un mouvement du poignet, il m'a indiqué l'entrée du barnum. J'ai froncé les sourcils et demandé :

— À quoi ça sert ? Le nom ?

Un rictus de plaisir s'est étendu sur la bouche bleue du chaman. Lentement, il a retiré ses lunettes et planté ses yeux vides dans les miens. Deux orbites. Deux trous à peine comblés par des cicatrices et des croûtes de sang noir.

— Tu ne l'as sans doute pas remarqué, mais vous êtes en danger ici.

Instantanément, j'ai pensé au soleil qui brûlait tout et ai bafouillé :

— C'est vrai qu'il fait très chaud.

Le rictus bleu du chaman s'est étalé jusqu'à la pointe de ses pommettes.

— Il n'y a pas que ça, a-t-il soufflé. Elle est partout. Elle rôde. Elle veut te voir mort. Elle veut tous vous voir morts car elle se nourrit des morts. Mais rassure-toi, nous sommes là pour te protéger.

Pour la première fois de ma vie, j'ai ressenti la peur. C'était comme si des vers me grignotaient l'intérieur de l'estomac et s'insinuaient dans ma gorge, m'empêchant de parler et de penser. Pourtant, j'ai articulé :

— Qui ?

— Phusis. Celle qui n'est pas nous. La nature. L'autre grande force à l'œuvre dans ce monde. Elle provoque des maladies. Elle lance les sauriens à vos trousses.

— Pourquoi ?

— Parce qu'elle est destructrice et mauvaise. Tu ne t'es jamais demandé pourquoi les plantes et les animaux meurent ? Pourquoi il fait trop chaud ou trop froid ? Pourquoi les cailloux se transforment en sable ? Pourquoi parfois tu es malade, grelottant de fièvre ? Pourquoi tu saignes ?

J'ai fait non de la tête.

— Non ? s'est étonné le prêtre. Eh bien écoute ça, c'est parce que Phusis cherche à te tuer.

Le chaman a rechaussé ses lunettes et continué :

— En vous donnant des noms, nous vous éloignons d'Elle. Nous vous protégeons.

Un alchimiste m'a attrapé par le bras, entraîné vers la tente et, une dernière fois, j'ai regardé le chaman aux lunettes. Déjà, il tendait la tête vers mon père qui s'avançait devant lui, et disait :

— À partir de maintenant, tu réponds au nom de Wuny. C'est comme ça que tu te nommes. Wuny.

Et mon père hochait la tête.

Sous le barnum, il faisait encore plus chaud et toujours plus moite. Les autres membres de la horde se tenaient debout devant des chaises pliantes. Nus.

D'autorité, l'alchimiste m'a assis sur une chaise, a retroussé ma manche et a enfoncé une aiguille dans mon bras.

— Vaccins multisouches, a-t-il dit.

J'ai acquiescé sans comprendre.

— Déshabille-toi.

J'ai quitté mes vêtements. Il a fourré ses doigts dans ma bouche, mes oreilles et mon nez. Il a ausculté mes yeux. Écouté mon cœur et mes poumons. J'ai serré les dents. Il a rasé mon crâne et m'a parfumé d'une eau de Cologne irritante. Ma tête ne cessait de dodeliner de haut en bas :

— Oui, monsieur.

Lorsqu'il en a terminé, il a affirmé :

— Tu es un homme à présent, plus une bête.

J'étais heureux. Soulagé.

Un autre alchimiste a installé mon père à ma gauche. Comme à moi, il lui a demandé de se déshabiller et, tout en l'examinant, il a raconté que les choses allaient devoir changer.

— Nous vous débarrassons de tout ce qui vous rapproche d'elle. Nous faisons de vous des hommes. Et à ce titre, vous devez répondre aux lois des hommes. À commencer par le troc. Nous ne vous donnerons des objets qu'en échange de sauriens ou de nourriture. Vous vivrez en famille et plus en meute. Vous vivrez dans la cité de Reta. Vous bannirez de votre mode de vie, tout ce qui pourrait lui permettre d'évoluer et de grandir. Et par tous les moyens, vous chercherez à la détruire. Vous êtes des hommes : les soldats des dieux.

Les yeux de mon père brillaient de fierté lorsqu'il a dit :

— Oui, monsieur.

À son tour, ma mère est entrée dans la tente. On l'a mise nue. On lui a coupé les cheveux et les poils. On a soupesé ses seins. On a palpé son ventre. On a introduit des objets dedans. Et on lui a demandé de ne plus sortir dans les marais, car les femmes étaient plus sensibles à Phusis. Elles se laissaient facilement ensorceler, car elles aussi donnaient la vie.

— Vous êtes chimiquement plus proches d'elle que les hommes, a justifié l'alchimiste. Moins aptes à la repousser. Plus promptes à succomber.

Le visage de ma mère s'est fermé, puis elle a souri en m'observant.

— D'accord, a-t-elle lâché.

Nous sommes sortis. La lumière a brûlé nos rétines. Désormais, je savais pourquoi. Elle voulait nous rendre aveugles. Alors j'ai plissé les yeux et écouté le chaman qui, debout sur une estrade, parlait des dieux et enseignait les prières.

— Pour lutter contre Phusis, nous avons créé des dieux. Une arme redoutable car, grâce à eux et aux lois qu'ils nous ont dictées, nous sommes sortis de son joug. Mais nos dieux sont fragiles. Il faut sans cesse les prier pour qu'ils continuent d'exister. *An Edjh Dlia Dja.* Répétez ces mots pour chacune de vos tâches quotidiennes. Avant de manger. Avant de boire. Avant de tuer, de travailler. Vos prières les rendront plus forts et vous rendront plus humains encore. Ainsi, ensemble, nous la réduirons en cendres.

Et la foule répétait : "*An Edjh Dlia Dja*", l'index, le majeur et le pouce tendus en direction du ciel.

— N'oubliez jamais que respecter les lois c'est demeurer humain. C'est s'assurer une place à Asram, le paradis, un lieu chaud comme un bain, doux comme une caresse, paisible. Un lieu qui lui est inaccessible. Un lieu où l'on pourra enfin se reposer.

Quelqu'un a crié qu'Asram ressemblait à leur vie d'avant – celle d'avant les chamans. Le type a hurlé qu'il avait vécu assez longtemps dans les marécages pour savoir qu'il n'y avait rien là-bas qui réponde au nom de Phusis. Ni rien qui lui ressemble d'ailleurs. Il y avait l'eau. Il y avait à manger. Il y avait des refuges.

— Et il y a ses lézards, le coupe un alchimiste. Qui vous amputent les jambes. Il y a les frelons et les guêpes qui vous piquent sans relâche. Les vers qui grouillent et attendent votre sommeil pour ramper dans vos estomacs.

— Où sont vos dieux ?

L'alchimiste a posé son index sur sa tempe en dévoilant des dents pointues.

— Vous me ferez pas vivre ici, a lâché l'homme en s'éloignant.

— Dans ce cas, a grondé l'alchimiste, retourne donc auprès d'elle.

Il a empoigné l'homme, l'a forcé à gober des pastilles, à ingurgiter des litres d'une eau-de-vie marron.

— Tu verras si tu ne reviens pas en rampant comme le serpent que tu es. Implorant le pardon. Priant de toute ton âme.

Une minute plus tard, l'homme a commencé à tituber. Ses propos étaient étranges : *"Who's in a bunker? I have seen too much, I haven't seen enough. I'll laugh until my head comes off. Women and children first, and children first. Here I'm alive. Everything all of the time."* Alors, l'alchimiste a sorti de sa poche une fiole de vitriol. Il l'a ouverte. Il a trempé son doigt ganté à l'intérieur puis a marqué l'épaule du type d'une trace anguleuse et l'homme s'est évanoui de drogue et de douleur. »

Une bourrasque plus puissante que les autres fait pivoter la voiture de quelques centimètres. Et nous ramène dans le désert. Je regarde mon père et demande :

— Pourquoi tu me racontes tout ça ?

— Les racines noueuses donnent souvent des arbres noueux.

Je ricane.

— Une pensée de Kaiju…

Il esquive ma remarque en agitant son moignon devant son visage, avant de le pointer en direction du soleil qui réapparaît enfin. Tache blanche dans le bruit sablonneux. Il dit :

— Il n'y en a plus pour très longtemps.

— On sait d'où ils venaient ? Les chamans ?

Mon père hausse les épaules.

— D'ailleurs.

Le nuage ocre de silice s'écarte et le ciel devient bleu.

J'ouvre la portière, force pour déplacer la montagne de sable qui s'est formée le long de la carrosserie. Je sors. M'étire. Pose mes coudes sur le toit de la bagnole.

Après une minute, mon père émerge à son tour. Pose sa main contre son front pour se protéger de la lumière. Je l'observe à la dérobée. Avec sa gueule de travers, il ressemble à un chaman.

— Tu sais, Bianca voulait que tu viennes habiter à la maison.

Il époussète le sable de la carrosserie comme pour y lire l'avenir.

— Je pense qu'elle avait raison. Tu devrais venir au ranch. Tu m'aiderais avec les lézards. Tu ferais les visites. Les touristes seraient contents de rencontrer le dernier des Kaijus.

Il hoquète.

— Je marche à peine et tu voudrais que je *bouge*. Je suis vieux et fatigué, il faut t'y faire.

— Tu *bouges* toujours. J'en suis certain.

— Je ne veux pas de ta charité. Et puis je ne supporte pas de les voir enfermés. Leur place est près d'elle. Notre combat doit être équitable, quitte à y laisser notre vie. Je ne veux pas finir dans un de ces spots publicitaires à la con. « Pour devenir fort comme un Kaiju, bouffez de la viande de croco. » Merde, ce monde sera bientôt pire que l'enfer.

Il tord la bouche. Il renifle bruyamment et se tamponne le nez avec la paume de sa main.

— Les marais se sont vidés depuis longtemps. Les guerres chamaniques, le braconnage, le climat qui se réchauffe, les feux… Il n'y a plus de lézards en dehors du ranch. Depuis quand tu n'en as pas vu ?

— Des années, avoue-t-il, en haussant les épaules.

— Raison de plus pour venir.

Son œil brille alors qu'il demande :

— Est-ce que tu as encore des rouges ?

Je hoche la tête.

— Il en reste quelques-uns.

— Dans ce cas, je viendrai peut-être pour la visite. J'achèterai un ticket.

La tempête s'éloigne, laissant apparaître la ferme. Et mon père crache :

— Foutus lézards.

Chapitre VI

Asram

Les essuie-glaces balaient le pare-brise. Zaïn coupe la radio.

— Cette fois, ça y est. On est arrivés. Asram.

Mon père est mort le premier jour de la Tahat. Il n'a jamais vu le ranch. Et depuis trois jours, sa dépouille repose au milieu de la place au sol jonché par des confettis noirs. L'air est devenu colloïdal à force de chairs rôties et de feux d'artifice. Du haut de l'échafaud, les chamans chantent et égorgent les crocos rouges de la lignée Kepler. Hommage au dernier des Kaijus.

— *An Edjh Dlia Dja Kaiju.*

— Hourra ! Hourra ! *An Edjh Dlia Dja* Kaiju !

Zaïn est là. À mes côtés. Debout derrière notre étal BROCHETTES DE CROCO FAÇON KAIJU. Il serre les mains de la foule qui défile courbée en signe de condoléances. Il hoche la tête.

— Merci.

Treize ans qu'il n'a pas mis un pied dans le bayou. Treize ans que je ne l'ai pas vu. Je l'observe à la dérobée. Il a grandi. Il ressemble à Bianca, mais dans son regard brille le magnétisme de son grand-père. Tout ce temps, il a vécu de petits boulots, travaillant dans les serres hydroponiques de Grand C., dans les mines d'or et les usines à poisson avant de rejoindre Poghorn pour y étudier. La biologie, l'écologie. Il est devenu cultivé. Et incroyablement beau.

J'attise le feu qui s'étouffe à cause du cendrier plein à craquer. J'étale la sueur qui dégouline sur mon front, puis dépose sur la fonte une lamelle de viande. Un ver s'enroule sur lui-même et se tortille de douleur au contact de la plaque chaude. Je l'écrase d'un coup de spatule et l'éjecte sur le pavé avant de relever la tête.

À l'autre bout de la place, un type vomit dans une poubelle. À côté, un chanteur arpente une scène minuscule en secouant la tête sur les premières mesures de « *We No Who U R* ». Costume noir, cheveux plaqués à la pommade, chemise blanche ouverte sur la gorge, il entonne : « *The tree don't care what the little bird sings...* »

Au-dessus de nous, le ciel se teinte de gris à en devenir métallique.

Quelqu'un crie dans une ruelle à quelques blocs de là. Zaïn lève les sourcils, scrute. Rien. Il pose les yeux sur la gélatine de vers que je viens de balancer sur le sol.

— Les crocos ont encore des parasites ?

Sur la scène, le crooner monte dans les aigus. « *And we breathe it in. There is no need to forgive...* »

Je hausse les épaules.

— Ils sont devenus noirs.

Des éclats de voix volent depuis une place adjacente. Je tourne la tête mais ne distingue rien d'autre que des flics en patrouille, des alchimistes, des familles venues fêter la Tahat, des chamans et quelques rares fidèles. Tous nostalgiques d'une époque où tous étaient déjà nostalgiques.

Zaïn insiste :

— Tu ne devrais pas vendre ça.

Je tourne les piques à brochettes le long de mes doigts pour homogénéiser la cuisson.

— C'est pas un problème. C'est juste des tubifex. Il y en a toujours eu. À l'époque, mon père mangeait les lézards crus. Les gens vont bien, j'ajoute en désignant les badauds qui s'affairent devant nous, l'index, le pouce et le majeur joints et dressés en direction du ciel.

Mon regard dérive vers la table où demeure le Kaiju. Inexorablement, une force ramène mes yeux sur lui.

Une fois la tempête de sable passée, je l'avais raccompagné dans les marais. Là-bas, j'avais remis un peu d'ordre dans le bordel ambiant. Les carcasses de trucs. Les mobiles vaudous éparpillés. Le lendemain, j'avais nettoyé la cuisine et apporté un peu de nourriture. Des fruits, des terrines de croco, des tisanes d'usnée. De l'eau, pour qu'il ne boive pas celle du bayou. Le jour d'après je m'étais attaqué à la chambre puis à la grange. J'avais défriché la cour. Posé des pièges antifrelon et antimoustique. Tout autour de la baraque, les arbres au tronc noir se calcinaient lentement. Les fougères s'embrasaient comme des torches, avant de s'éteindre en basculant dans le palude réduit à l'état d'oued. Il avait dit :

« Je n'aime pas le monde que tu as construit. Je n'y comprends rien.

— Moi non plus. »

Le chanteur se pavane. Se recoiffe. Sèche sa bouche du bout de ses doigts et reprend : « *The trees will burn like blackened hands…* »

Du tranchant de la main, je remue les grattons qui tiédissent sur le coin de la fonte. Le caramel dore la viande. J'en saisis une petite poignée, que j'avale. Suaves, relevés et sucrés comme il faut. J'en attrape un autre.

Un coup de feu éclate dans l'air.

Le monde se fige.

Je rentre la tête dans les épaules. Plus rien ne semble bouger. Jusqu'à ce qu'un cri confirme mon intuition. Quelque chose déconne. Un second tir retentit. D'autres cris répondent aux cris. Mes mains sont posées à plat dans une purée de confettis noirs. Zaïn est accroupi à mes côtés et il m'interroge du regard. J'arque les sourcils.

Au loin, un truc de métal percute le sol de pierre. Plus personne ne respire. Puis la foule murmure car le calme revient. Zaïn se relève. Prudemment, il observe la place, hébété, le nez plissé, avant de me faire signe que tout va bien.

Alors je me redresse. Mon regard se heurte aux autres regards. Mélange de peur et de soulagement car le calme demeure. Mes yeux suivent l'estrade, la ligne de planches peintes qui en décore le fond, passent sur le lit mortuaire. Clignent. Scrutent. Lisent la couronne de fausses fleurs. Dans un sens : *À jamais Kaiju.* Dans l'autre : *Puisse ton âme trouver le chemin qui mène à Asram.* Ma bouche s'arrondit.

Mon père est debout.

La peau de son visage est verte et translucide. Comme collée aux cartilages et aux os. Ses cheveux dégoulinent sur son front. Barrent son regard à la cornée épaissie de bleue. Sa gueule ouverte bave un liquide boueux. Ses épaules tendues vers l'arrière font saillir ses omoplates. Ses bras sont repliés contre sa poitrine et il marche. Sans canne.

— Papa ?

Un groupe de touristes passe devant moi en courant et obstrue ma vision. Mon père disparaît. Mon cœur s'accélère et je me penche pour ne pas le perdre de vue. Je déglutis. Il n'est plus là. Ma bouche tombe. Mes rétines scannent la place. Cinq mètres plus loin, accroupi, la face tournée vers le ciel, il mugit. Et le monde craque.

À côté de lui, un alchimiste le dévisage sans comprendre. Plus loin, les touristes se sont figés eux aussi, incrédules. Le Kaiju n'est pas mort. Il bondit. Sa main enserre la cagoule de l'alchimiste qui tombe sur le sol.

Son pouce perce l'orbite à travers la capuche. L'autre hurle à la mort. Son visage se déforme. Sa carotide vibre de douleur, bientôt noyée sous le sang qui y afflue. Il s'étrangle. Des geysers d'hémoglobine jaillissent. Les touristes détalent.

Zaïn murmure : « Putain de merde. » Lentement, mon père se redresse, faisant peser son poids sur la poitrine de sa proie. Puis il descend du corps pour plonger son visage à l'intérieur et dévorer les entrailles. Il fourre ses dents dans la plaie béante, fouille, arrache les organes, les artères et les veines. La poche de l'estomac explose. Les intestins rompent. Dégoulinant de sang, mon père fait pivoter sa tête, à droite, à gauche, en haut, à gauche. Affamé, à la recherche d'une nouvelle proie. Ses yeux blancs croisent les miens.

Autour de nous, c'est la terreur. Un flic pointe son arme sur le Kaiju.

— Ne bougez plus !

Mais mon père marche déjà vers moi. Le flic répète :

— Ne bougez pas !

Sans résultat. Alors il tire vers le ciel, effrayant la foule qui se met à courir dans toutes les directions, comme des poulets sans tête. Mon père ne s'arrête pas.

Cette fois, le policier tire pour tuer. Et les balles perforent la joue du Kaiju, sa cage thoracique, sa cuisse. L'une d'elles arrache son épaule et la dernière manque sa cible, traverse la place puis la gorge d'une vieille venue dire adieu au chasseur de sauriens. Elle s'écroule. Mais mon père, lui, avance toujours.

La panique gagne la ville. La rumeur se répand à la vitesse des corps qui fuient. Les balles sifflent dans l'air chaud. Claquent dans la poussière qui monte autour de la foule devenue folle. Et mon père se dresse devant moi, immense et squelettique, les joues creuses, les épaules élargies. Sa mâchoire claque. Il bave. Il se penche. Le sang goutte de son visage. Et d'un coup, il plante ses dents dans ma gorge. Zaïn le repousse à coups de pied. Le Kaiju tombe, se relève, quand une balle venue de nulle part entre dans sa tempe et lui éclate le cerveau. Il s'écroule et disparaît, piétiné par la foule. Happé par la peur.

Des enfants hurlent. Des bouches crient. « Dégagez ! » Des épaules se cognent. Des têtes se heurtent. Des peaux se poussent. Debout sur des véhicules, les gardiens du temple lancent des sommations. « Restez calmes ! » Mais les mains s'agrippent. Se referment. Et se transforment en poings. Le sable se mêle à l'oxygène et sature nos poumons. Zaïn remonte son foulard contre son nez, m'attrape la main et, à travers la cohue, désigne une voiture stationnée à droite de l'échafaud. Je couvre ma bouche avec ma paume et nous traversons.

D'autres tarés arrivent. Il y en a de plus en plus et partout ils attaquent au hasard. Mordent comme des chiens enragés. Éventrent. Sectionnent des muscles. Brisent des bras. Braillent.

Dans la bagnole, un garde se balance d'avant en arrière. En état de choc. La mâchoire scellée. Mort de peur. Une femme passe devant nous, un enfant dans les bras.

— Aidez-moi !

Une balafre ouverte ruissèle sur le visage du gosse, le sang lui coule du nez, tombe dans sa bouche et se vaporise en millions de gouttelettes à chacun de ses hurlements. D'un mouvement, Zaïn l'écarte et ouvre la portière, mais la foule nous bouscule, nous arrache du sol et nous emporte cent mètres plus loin. La femme se fait empoigner elle aussi par le flot des corps fous. Entre ses mains son enfant glapit parmi le vacarme. La voiture s'éloigne, apparaît, disparaît. Elle tangue, chahutée, hachée sous les chocs, tandis que le cri du môme n'est plus qu'un écho lointain. Sur la scène, le chanteur se mord la langue en convulsant. Sa gorge saccade. Et son regard se teinte de blanc.

Laborieusement, pas à pas, nous remontons vers la voiture, à contre-courant et en évitant les barges qui nous foncent dessus, le visage cyanosé et le cou tendu.

Du bout des doigts, je m'accroche à la carrosserie. Dans la bagnole, le garde tourne la tête en clignant des paupières. Pris de panique, il essaie de sortir l'arme qu'il porte à la ceinture. Mais ses doigts tremblent et l'arme lui échappe des mains. Il se penche pour l'attraper. Le coup part. La balle traverse son crâne, puis la vitre.

Zaïn dit :

— Viens.

Asram.

Une rafale de blizzard secoue la bagnole.

De chaque côté d'une gigantesque antenne, le pouls électrique des feux verts et rouges clignote dans la brume et colore l'intérieur du SUV en pulsations régulières. Les flocons fondent au contact du pare-brise. Zaïn ne dit rien. Aoï non plus. Le parking est désert. À peine quelques voitures soigneusement rangées entre les lignes blanches de stationnement. Mais aucune lumière n'illumine les fenêtres du premier étage. Et celles du second sont cassées ou obstruées par des planches. Toutes sont munies de barreaux. La station météo est un vieux bâtiment de briques grenat, bardé de paraboles. Bâti sur le plus haut sommet de la chaîne des Trois-Veines, Asram domine le Rauc et les vallées du nord. Entre les nuages épais, on devine les plateaux du Cyresck. La baie de Poghorn.

Fapekösthorn à l'est, et au sud, le delta de la Bez qui s'étend à travers le désert en radicelles marron.

Les lieux semblent pris dans la fureur d'un titan.

Il n'y a aucun bruit, hormis le vent qui hennit.

Le premier jour, j'ai vomi de la bile jaune et bleue.

Ondule

Le second, la fièvre a fait éclater mes muscles.

Fluide

Le troisième, la folie a gagné mon cerveau. Phusis me parlait.

Sans peur

Le quatrième, dehors n'est plus qu'un amas de cailloux vernissés de sang.

Ne sois pas proie

Le cinquième, mes yeux sont devenus blancs, mes membres fous et incontrôlables.

Mais prédateur

Le sixième, mes mâchoires claquaient à la recherche d'une proie et mon estomac se soulevait.

Le septième, j'entrouvre les lèvres. Ma bouche est sèche. J'ai faim de cette faim qui vrille le ventre. Mes paupières sont collées par un albumen visqueux. Zaïn m'a injecté une solution de norépinéphrine et d'orphénadrine qui me fait somnoler. Ma fièvre est tombée. La réalité semble loin. Une chute d'eau. Indifférente à moi et tortueuse. Aucun de mes gestes ni aucunes de mes rares paroles, de ma voix ne semble avoir de prise sur le monde. Je baigne dans les eaux du Styx. Les oreilles farcies de bourdons. La langue épaisse. La peau dure. Le regard riveté sur l'abîme. Je suis allongé sur le sol de la remise. Et le froid du ciment s'infuse jusqu'à ma moelle épinière.

Mon ventre s'ouvre.

Je ne suis pas tout à fait mort.

Pour la première fois depuis six jours, j'arrive à me redresser. À m'asseoir et à marcher. Mes pieds, comme mes mains, sont recroquevillés. Mes muscles tendus à rompre. Mes orteils ne se déplient pas. Mes rotules peinent, elles aussi, à coulisser dans leur logement. Mais, pantin rouillé, je traverse les pièces de béton jusqu'au frigo de la salle de repos. Là-bas, je trouve Zaïn avachi dans un fauteuil. Il dort. Il parle dans son sommeil, il ronfle un peu. Le revolver du flic est coincé entre l'accoudoir du siège et sa cuisse. Une radio portable grésille, lovée entre ses bras.

Sept jours maintenant qu'on s'est retranchés au ranch. Sept jours avec, en bruit de fond, les télés, les radios et les réseaux sociaux qui ne parlaient que de ça. « Épidémie. Apocalypse. Fin du monde. Holocauste zombie. » Sur tous les canaux, les chamans exhortent les peuples à prier et à renouer avec la guerre. Aujourd'hui, au septième jour, les télés, les radios et les réseaux sociaux ne parlent plus du tout.

Mes doigts tremblent, serrés autour de la poignée du réfrigérateur. Mes narines se dilatent au contact de l'air tiède. Je me détourne du frigo. Je regarde mon fils et vois une proie. Pourtant je n'ai pas peur. Je suis même plutôt bien. Là. Maintenant. Je sais exactement ce que je dois faire. Je ne réfléchis pas. Je fonds sur lui la gueule ouverte. Et je ne suis plus qu'à un pas de sa gorge lorsqu'il ouvre les paupières. Il a peur, je le vois, mais *fluide*, il *bouge*, saisit l'arme et me tire une balle dans le genou.

Je m'écroule.

Lorsque je reprends conscience, Zaïn est assis à une petite table de bois. Il noue un lacet à l'œilleton qui termine la crosse du revolver puis le passe autour de son cou. D'un mouvement du pied, il fait pivoter sa chaise vers moi.

— Ce matin, j'ai capté un message à la radio. Sur les longues ondes. Il y a des survivants, ils sont à Asram. Dans l'ancienne station météo. J'ai préparé des affaires. Par sécurité tu voyageras dans le coffre.

Étendu au milieu de la salle, j'acquiesce d'un souffle.

Huitième jour.

Zaïn retire l'aiguille du bras de son père. L'épinéphrine fait rugir le cœur de Yao. Elle fait pulser son sang sous sa peau avec la violence d'un torrent, et transforme ses veines en serpents bleus. Mais il marche de nouveau. Il ouvre même la voie. Suivi par l'arme que Zaïn pointe une fois de plus sur sa nuque. Derrière eux, Aoï les suit de près. Il pose ses pieds dans leurs pas. Il plisse les yeux pour ne pas les perdre de vue et percer la croûte de brouillard dans laquelle ils s'enfoncent.

Quelque part, une porte grince et claque sous les assauts du vent, feulement de sirène qui les guide à travers le labyrinthe mouvant des nuages. Après quelques minutes de marche, ils la découvrent en contrebas d'un petit escalier coincé entre deux cloisons de parpaing. Elle oscille dans le blizzard. Se fracasse sur le chambranle de métal, puis s'ouvre en heurtant le mur.

— Entrons, fait Zaïn, dont l'haleine tiède effleure la nuque de Yao.

Passé le seuil, où s'amasse un peu de neige, le couloir est exigu et voûté. Des ampoules de balisage bafouillent, accrochées au mur. Reliées entre elles par un câble qui ondule de lampe en lampe. Des flaques recouvrent le sol, alimentées par les suintements du plafond. Deux longues fissures courent de chaque côté du corridor, à la jonction de la dalle et des cloisons. Dedans poussent des fougères vertes. Quasi fluorescentes. Lentement, ils remontent l'allée. Le bruit de leurs semelles déloge des blattes et des scutigères. Les photons éteignent la pénombre au gré des fluctuations de courant. Dans leurs dos, la porte claque et propulse un vent glacial qui débouche avec eux dans une immense pièce pleine de la seule et pâle lumière qu'autorisent les fenêtres couvertes de toiles d'araignée. Des tables rondes encerclent les colonnes de ciment qui soutiennent l'étage supérieur. Des chaises sont rangées sagement dessous. D'autres sont renversées. La cantine. Un panneau indique le plat du jour : STEAK DE CROCO SAUTÉ FAÇON KAIJU.

Yaoru avance d'un pas et son pied bute dans un gobelet en carton qui roule jusque sous une table. Un rat traverse la pièce.

Aoï demande, de sa voix d'enfant :

— Où est-ce qu'ils sont ?

— Continuons, assure Zaïn. On va finir par les trouver. Ils sont forcément là. Quelque part.

Côte à côte, ils traversent le réfectoire puis empruntent un nouveau couloir éclairé de blanc par de larges ouvertures donnant sur le sud. Au nord, quatre portes vitrées conduisent à des réduits. Elles sont trouées pour laisser passer l'air, équipées de poignées et de verrous uniquement vers l'extérieur. Des cellules.

Dans les deux premières, il n'y a rien d'autre que la pénombre et la poussière. Dans la troisième, un bureau est acculé dans un coin. Sur le plateau, un ensemble combiné de lecteurs, d'amplificateurs et d'émetteurs est recouvert d'un enchevêtrement de fils électriques. Un casque audio et un micro sont stockés sur le dessus de l'appareil. D'un mouvement de bras, Zaïn écarte son père, bouscule une chaise à roulettes qu'il envoie rejoindre le mur opposé.

Puis il se penche sur le matériel. Son arme pend à son cou et cogne contre la table lorsqu'il allume l'émetteur. Le métal contre le bois sonne mat. Zaïn tripote les potentiomètres et après plusieurs minutes, les enceintes se mettent à grésiller. Ici, dans le réfectoire et sur l'ensemble de la base. Partout on entend une voix de femme dire :

« Bonsoir à vous tous qui êtes encore parmi nous. Ici, c'est June Savedjh pour *Apocalypse Now*. Comme je vous l'avais annoncé, la fin du monde a bel et bien eu lieu. Et aujourd'hui, on vit terrés, on bouffe des boîtes de conserve, on dégomme des zombies… Bref, les morts marchent, mais ça n'est pas une raison pour se priver des bonnes choses. Alors voilà pour vous, survivants, de quoi tenir le coup… »

Quelque part sous l'agglomérat de câbles la diode d'un disque dur se met à clignoter. Les baffles vibrent et la voix d'Emel passe dans l'atmosphère. Volatile. Notes, textures, boucles d'arpèges, modulations de voix et chœur côtoient l'oxygène et l'azote. Molécules de musique. Respiration. « *Everywhere we looked was burning...* »

Zaïn devient blanc puis livide lorsque Aoï articule :

— C'était un enregistrement.

Zaïn déglutit, en secouant la tête de haut en bas.

— Et une lecture aléatoire. Oui. Mais j'ai entendu d'autres émissions. Continuons. Il y a eu des gens ici et il en reste peut-être encore.

Zaïn pousse son père hors du réduit. Yao entre dans le couloir quand un spasme lui soulève l'estomac. Il appuie un bras contre le mur. Enfouit sa tête dedans. Il se plie en deux. Il tombe à genoux sans parvenir à respirer. Il suffoque. Zaïn s'accroupit à côté lui. Il pose une main sur son épaule.

— Encore un effort.

Yao essaie de se calmer. Il essaie de respirer normalement, mais ses poumons craquent comme du caoutchouc sec.

Zaïn se redresse. Et au moment où il relève la tête, un Z sort de la quatrième salle. Un autre émerge au bout du couloir. Yao crache des vers enduits de bile. Zaïn le relève en l'attrapant par le col et le poste devant lui comme un bouclier. Dans son dos, un bruit l'oblige à tourner la tête. Une femme arrive du réfectoire en bavant. Elle a un bras en moins et un trou large de trente centimètres dans la poitrine. Si bien que Zaïn voit au travers des côtes cassées, des veines et des artères sectionnées, la porte par laquelle ils sont entrés.

Yao serre les dents. Zaïn l'agrippe pour le maintenir debout tout en criant à Aoï de rester dans la cellule. Ensuite, il cale la crosse de son arme sur l'épaule de son père et lui susurre à l'oreille :

— Déconne pas. Reste encore un peu. Protège-moi.

Il tire plusieurs fois en direction des deux morts-vivants qui avancent face à eux. Les éclairs et les détonations explosent les tympans de Yaoru qui, dans l'instant, plaque ses mains contre ses oreilles et se met à brailler. Zaïn l'expédie au bout du couloir et se retourne pour affronter la fille qui arrive du réfectoire. Juste à temps, car elle est déjà sur lui et se presse contre son flanc. Sa mâchoire claque tout près de son cou. Ses ongles s'enfoncent dans les joues du jeune homme où coulent des rigoles de sang. Mais il la maintient à distance, l'avant-bras enfoncé sous sa gorge. Puis il laisse son épaule prendre quelques centimètres d'élan et propulse la tête de la fille dans une des fenêtres. La vitre explose. Des tessons transpercent la Z, ses yeux, son nez, et terminent leur course quelque part dans son cerveau.

Dans les haut-parleurs, Emel chante toujours. « *We walked back for the last time...* »

Assis sur le sol, sous la fenêtre éclatée, le dos contre la cloison, Zaïn reprend son souffle. À travers la vitre de la cellule, Aoï dit :

— Il faut que tu écoutes ça.

Dans la paume de sa main, il tient un dictaphone. Zaïn ouvre la porte de la cellule et s'assoit. Réunissant ses dernières forces, Yao recule. Aoï appuie sur *Play*.

Une voix nasille : « … ième formule du sérum semble concluante. Puisque sur les six patients qui ont reçu l'injection de la version (Une pause et un bruissement de papier.) trois point trois, cinq sont pleinement rétablis. Motricité. Alimentation. Locution. Cognition. On note également l'absence de vers dans l'estomac et dans la bouche. Seul le patient numéro six un homme de quatre-vingt-trois ans n'est pas revenu d'entre les morts. L'homme présentait des lésions multiples au niveau de l'abdomen et du thorax qui laissaient présager… »

D'une pression du pouce Aoï appuie sur *Avance rapide.* Les phrases s'entrechoquent. Incompréhensibles à l'exception de « problème » qui surgit de la cacophonie de syllabes. Alors, de nouveau, il appuie sur *Play.* Et les mots redeviennent intelligibles :

« …atient numéro trois était assis en face de moi à une table du réfectoire. Trois jours après son injection. Il racontait son expérience de zombie. La faim constante. La lucidité. Tout en parlant, il engloutissait de grandes cuillères de cette bouillie infâme que nous sert la cantine, quand un nématode noir est tombé de son nez. Puis un autre. Et encore un. En l'espace d'une minute… sa peau s'est ternie et s'est mise à le démanger. Il se grattait les joues sans arrêt. Personne n'a eu le temps de réagir. Il a mordu trois d'entre nous, peut-être même plus avant qu'on ne réussisse à l'abattre. Le sérum ne tient pas. Il ne fonctionne pas. Les nématodes ont infecté d'autres survivants. Je me suis retranchée dans la salle radio. Il… »

La suite de l'enregistrement n'est qu'un agrégat de bruits de succion, de cris et de craquements.

Zaïn murmure :

— Alors, c'est fini.

Son père recule encore. Entre dans la dernière cellule et referme la porte.

Zaïn claque le coffre.
Je meurs.

Chapitre VII

Aoï

Yaoru bascule contre le mur de la cellule. Il parle si faiblement que je n'entends pas ce qu'il dit. Zaïn m'attrape la main et, ensemble, nous nous approchons de la porte vitrée pour distinguer ses mots.

— Ce jour-là… l'arme s'est enrayée.

Zaïn baisse la tête. Regarde le sol.

— Je sais.

Dehors, les flocons s'accrochent à nos joues rouges de froid. Le ciel est blanc. La glace craque sous nos pas. Zaïn s'arrête. J'avance de quelques mètres avant de me retourner.

— Qu'est-ce qu'il y a ?

— Je n'irai pas plus loin.

Je le fusille du regard.

— Tu ne peux pas baisser les bras ! Tu ne peux pas m'abandonner !

Il ne dit rien et tourne la tête. Une morsure lui balafre la gorge.

— Non. Non. Non… ! Tu ne peux pas me laisser seul. Pas ici, pas comme ça !

Il me sourit en haussant les sourcils. Ses dents sont tapissées de sang.

— Tu n'es pas seul.

Des yeux, il désigne un point quelque part derrière moi. Je me retourne et aperçois Job qui trottine dans ma direction. Je le laisse approcher puis pose un genou à terre pour le serrer dans mes bras. Le chien lèche ma joue et mon nez. J'entends une détonation et, lorsque je reporte mon attention sur Zaïn, sa tête n'est plus qu'un million de gouttelettes rouges mêlées de flocons. Je serre les poings. Je ne pleure pas. Je leur tourne le dos, à lui, à Asram et à tout le reste. Je poursuis mon chemin à travers ce monde étrange et nouveau. Job est à mes côtés. Et son pelage pue la pluie.

Inspirations et remerciements

Cette histoire est écrite au son du piano. Celui d'Akira Kosemura, de Martin Tingvall, d'E.S.T (Esbjorn Svensson Trio) et d'*Idiot Prayer*, de Nick Cave. J'ai aussi eu quelques moments Dead Can Dance. Bien entendu, je n'ai pas pu échapper à Mogwai et à la somptueuse BO des *Revenants*.

Pendant ces mois d'écriture, j'ai vu ou revu beaucoup de films de zombies. De Romero à Snyder en passant par Danny Boyle (qui a ma préférence). Côté bouquins, j'ai avalé l'intégralité de *The Walking Dead* et beaucoup ri avec *Allan Barte contre les zombies*. J'ai fait pas mal de cauchemars durant toute cette période…

Je voudrais remercier Martial de m'avoir soufflé le prénom Zaïn. Poisson-plumes et le lycée Champollion de Lattes de m'avoir invité à animer des ateliers d'écriture à leurs côtés. Vous êtes le point de départ de ce projet. Merci beaucoup. Merci aussi à Mélanie pour son premier regard sur ce texte. Et à Isaline pour ses remarques, ses suggestions et son œil de lynx. Un grand merci à Lisa qui continue à croire en mes petites histoires : *Takgnié.*

Merci enfin à C. et à T. pour tout, absolument tout.

Références

Pages 13, 153, 255 et 257 : Nick Cave & The Bad Seeds, "We No Who U R" – *Push the Sky Away*, 2013, Bad Seed Ltd.

Page 19 : Dead Can Dance, "Hymn for the Fallen" – *Selections from Europe*, 2005, The Show.

Page 120 : Youn Sun Nah, "Lost Vegas" – *Waking World*, 2022, Arts Music/Warner Music.

Pages 146 et 155 : Girls in Hawaii, "Not Dead" – *Everest*, 2013, Naïve.

Page 177 : Hayao Miyazaki, *Princesse Mononoké*, 1997, Studio Ghibli & Gaumont International.

Page 214 : Charles Albert Tindley, "What Are They Doing in Heaven", 1901.

Page 246 : Radiohead, “Idioteque” – *Kid A*, 2000, EMI.

Page 270 : Emel Mathlouthi, “Everywhere We Looked Was Burning” – *The Tunis Diaries*, 2020, Partisan Records.

Composition et mise en pages
Nord Compo à Villeneuve-d'Ascq

www.lisez.com

Cet ouvrage est imprimé sur du papier issu
de forêts gérées durablement.

CET OUVRAGE
A ÉTÉ ACHEVÉ D'IMPRIMER
SUR ROTO-PAGE
PAR L'IMPRIMERIE FLOCH
À MAYENNE EN AVRIL 2024

N° d'édition : 67389/01 – N° d'impression : 104718
Dépôt légal : mai 2024
Imprimé en France